À l'adresse du bonheur

Du même auteur

Aux Éditions Héloïse d'Ormesson

Face à la mer immense, 2021. Le Livre de Poche, 2022.
J'ai failli te manquer, 2020. Le Livre de Poche, 2021.
Tout ce que tu vas vivre, 2019. Le Livre de Poche, 2020.
Poste restante à Locmaria, 2018. Le Livre de Poche, 2019.
Les Couleurs de la vie, 2017. Le Livre de Poche, 2018.
Entre ciel et Lou, 2016 (prix Ouest 2016, prix Bretagne-priz Breizh 2016, prix des lecteurs U 2017). Le Livre de Poche, 2017.
J'ai rendez-vous avec toi, 2014. Le Livre de Poche, 2021.

Aux Éditions Robert Laffont

Couleur champagne, 2012.
La Mélodie des jours, 2010. J'ai Lu, 2012.
Le Chant de la dune, 2009.
Une vie en échange, 2008.
Place Furstenberg, 2007. J'ai Lu, 2010.
Nous n'avons pas changé, 2005. J'ai Lu, 2006.
Le Bateau du matin, 2004. J'ai Lu, 2006.
L'Agence, 2003 (prix des Maisons de la Presse 2003). J'ai Lu, 2005.
24 heures de trop, 2002. J'ai Lu, 2004.

Aux Éditions Denoël

Le Talisman de la félicité, 1999.

Aux Éditions Flammarion

Le Phare de Zanzibar, 1998. J'ai Lu, 2003.
Château en Champagne, 1997 (prix Anna de Noailles de l'Académie française 1998). J'ai Lu, 1999.
De toute urgence, 1996 (prix Littré de l'Académie Littré des écrivains médecins 1997). J'ai Lu, 1998.

Aux Éditions J'ai Lu

Taxi maraude, 1992.
Jeanne, sans domicile fixe, 1990.

www.lorrainefouchet.com

Lorraine Fouchet

À l'adresse du bonheur

Roman

Éditions Héloïse d'Ormesson

ISBN 978-2-35087-802-7

Éditions Héloïse d'Ormesson
92 avenue de France, 75013 Paris
www.editions-heloisedormesson.com

FSC
www.fsc.org
MIXTE
Papier issu de
sources responsables
FSC® C003309

L'éditeur de cet ouvrage s'engage dans une démarche
de certification FSC® qui contribue à la préservation
des forêts pour les générations futures.

Pour en savoir plus :
www.editis.com/engagement-rse/

À mes deux maisons d'enfance :
La Pinéta, et celle au bout de la place Christian-Fouchet.

Pierre Saint-Jarme a toujours aimé les petits déjeuners. Enfant, il souriait à son bol de chocolat en y trempant sa tartine de beurre salé. Adulte, il savoure son expresso en lisant le journal, croque dans un croissant et regarde les annonces immobilières : « propriété prestigieuse », « demeure d'exception », « site de toute beauté », des mots dithyrambiques. Clarisse boit son café long, à l'américaine, dans un mug rouge, en parcourant un magazine.

– Merde !

Pierre a renversé sa tasse. Le café coule sur le journal, sur la table. Il ne l'essuie pas, reste pétrifié, les yeux écarquillés, la bouche ouverte. Sa femme s'affole, croit qu'il est en train de faire un infarctus.

– Pierre ! Qu'est-ce que tu as ?

Elle le prend par le bras, le secoue.

– Pierre ! Tu m'entends ? Je t'en supplie, parle !

Il la regarde, hébété, avec cette fossette au creux du menton qui la bouleverse, et sa petite cicatrice au milieu du front.

– C'est elle, murmure-t-il.

– Elle ? De qui parles-tu ?

Elle frémit, effrayée à l'idée d'une mystérieuse inconnue, une ex, une concurrente plus belle, plus drôle, plus jeune. Clarisse se hérisse, s'armure, se caparaçonne. Elle attrape un torchon, éponge la table d'un geste brusque, tend le bras vers le journal, mais son mari le lui arrache avec une violence qu'elle ne lui connaît pas.

– Je rêve ? Pourtant c'est bien elle…

Sa voix s'étrangle. Il désigne la page mouillée d'un doigt tremblant.

– Ou c'est moi qui deviens fou ?

Elle se penche, les sourcils froncés, cherche un visage féminin à haïr, mais ne voit que des maisons. Et soudain, reconnaissable entre mille, Ker Joie surgit du papier trempé. La vieille demeure sur les hauteurs de Port-Tudy se dresse, blanche, imposante, avec ses grands pins. Le port d'attache, le havre d'enfance des Saint-Jarme, le bonheur dont ils connaissaient l'adresse, leur joie engloutie. Le souvenir défendu, le paradis perdu dont ils se sont chassés eux-mêmes.

– Ker Joie est en vente… Ce n'est pas possible !

Clarisse chausse ses lunettes, examine la photo avec attention, relit plusieurs fois l'annonce : « Île de Groix, Morbihan, à 50 minutes en bateau de Lorient, emplacement exceptionnel, vue port imprenable, maison ancienne sur trois niveaux avec jardin. Idéale pour vacances familiales ou chambres d'hôtes. »

Pierre regarde Clarisse. Tout passe dans cet échange, les petits bonheurs et les malheurs terrassants, les trahisons enfouies et les non-dits, les espoirs et les ivresses. Les bottes entassées dans l'entrée, les vestes dans l'armoire, l'échiquier du père sur la table basse du salon, les paniers des deux chiens devant la cheminée, le dortoir des enfants en foutoir au grenier.

– Tu as vu combien ils la vendent ? hoquète-t-il.

Beaucoup plus que la somme pour laquelle ils l'ont laissée filer il y a dix ans, quand leur mère a dû se résoudre à vendre après la mort de son mari. Elle a gardé la maison tant qu'elle a pu, ensuite c'est devenu trop lourd pour une femme seule.

– Ces nouveaux riches ne méritaient pas Ker Joie. Ils ne se rendent pas compte de leur chance ! S'il n'avait tenu qu'à moi, on ne l'aurait pas vendue.

Clarisse soupire. Pierre regarde sa montre.

– Je vais être en retard.

Il replie son journal, mais au lieu de le laisser sur la table il l'enfouit dans la poche de sa veste. Clarisse ne commente pas le geste. Elle sait combien il est chamboulé.

– Je suis de ton côté, souffle-t-elle. Pour le meilleur et pour le rire. Tu sais que tu rêves encore de Groix, la nuit ?

– Hein ? Moi ?

– Si tu es le type à côté duquel je dors, oui, toi. Tu cours sur le quai pour ne pas rater le bateau et tu me balances des coups de pied.

– Tu ne me l'as jamais raconté, s'étonne Pierre.

Elle désigne le journal plié dans la poche de son mari.

– Tu en meurs d'envie.

– Ce serait dingue. Absurde. Déraisonnable. Mais oui. J'en crève d'envie.

Elle est prête à tous les sacrifices par amour.

– On a la moitié de notre vie derrière nous, Pierre. Tu as cinquante-cinq ans, l'âge des folies est arrivé. On travaille dur. Le Covid-19 nous a épargnés. On connaît la valeur de chaque jour. Notre Arthur va être médecin, il sera à l'abri.

– Je ne sais pas, murmure Pierre.

Il attrape son manteau, ses clefs. La porte claque derrière lui.

Clarisse se laisse tomber sur le canapé. Elle se croyait sauvée, libérée de ce fil à la patte, de cette maison vampire, des sables mouvants de la famille Saint-Jarme. Voilà que tout recommence.

Sans voir les voitures, les vélos, les trottinettes électriques, sans entendre les klaxons ou les moteurs, sans sentir la pollution, Pierre marche à grandes enjambées. Ses yeux cherchent le port de son enfance, ses oreilles guettent la mélodie de l'océan, les cris des goélands et le son grave de la corne du bateau, son nez hume l'iode, les algues, le parfum des crêpes ou du *tchumpôt*. Il y a un an, il a vendu son cabinet et n'a pas encore réinvesti l'argent. Il est en bonne santé physique – sa fragilité morale ne se lit pas sur sa figure –, il n'a jamais fumé, les assurances suivront. Son esprit cavale, gambade, échafaude. Il s'imagine invitant sa mère chez lui à Groix. Il se voit maître de Ker Joie. Ce serait incroyable, inespéré…

– Eh, ça va pas, tu veux mourir ? gronde le motard casqué qui a été obligé de piler pour l'éviter.

Pierre a traversé sans regarder. Il éclate de rire.

– T'es dangereux, mec, grogne le motard en remettant les gaz.

– Je suis surtout heureux, murmure Pierre. La vie relance les dés, je ne laisserai pas passer cette seconde chance.

Il s'apprête à appeler sa mère, se ravise. À la place, il appelle Charles, son ami et banquier, et prend rendez-vous avec lui en fin de journée, après sa vacation au dispensaire où il travaille désormais à mi-temps. Pendant les prochaines heures, on l'appellera docteur, il aura une blouse blanche, un stéthoscope autour du cou, l'autorité de celui qui tient le destin des autres au bout du stylo, mais dans sa tête, il est à nouveau enfant, il grimpe aux arbres, se baigne en toute saison, s'écorche les genoux aux rochers, se bourre de galettes. Il sourit au feu rouge, à la croix verte de la pharmacie, au SDF assis sur le banc.

L'île est la clef du paradis. Il se rappelle la vraie clef de Ker Joie, qu'ils ont cherchée encore et encore sans jamais la trouver au moment de la vente. Personne dans l'île ne fermait sa maison.

Il repense à l'annonce du journal, son sourire met le cap sur ses oreilles, se fiche au centre de son muscle cardiaque. La solution est là, évidente. Il va racheter sa maison d'enfance. Ker Joie retournera dans la famille. Sa mère y reviendra en invitée d'honneur.

– Espèce de connard !

L'automobiliste qui a failli le percuter est écarlate, les veines de son cou sont gonflées, il a un teint de fumeur, des conjonctives de buveur, le visage crispé du type stressé. À Groix aussi on fume, on boit et on se fait du mouron, mais les regards sont emplis d'océan, les jambes foulent la lande, les yeux montent vers les étoiles la nuit, les bras relèvent les filets, les mains serrent le guidon des vélos, les pieds s'enfouissent dans le sable. Et ça change tout. Et ça a de la gueule et de la dignité, *nom de toui* !

Un bus passe, avec sur son flanc une pub pour un film. Le titre se détache sur fond rouge, le mot *birthday* jaillit de la carrosserie. La voilà, l'idée qu'il cherchait ! Sa mère va bientôt avoir quatre-vingts ans. Toute la famille doit se réunir, descendants et pièces rapportées, adultes et ados, joyeux et grincheux, pour célébrer Adeline, l'ancêtre, la grande dame aux prunelles turquoise.

Pierre inspire à fond. Né l'année de la sortie de l'album de Françoise Hardy *La Maison où j'ai grandi*, il était prédestiné. Il appelle sa femme.

– Si on la rachète, on pourra y fêter l'anniversaire de maman, ça serait génial, non ? crie-t-il à Clarisse.

Un silence, le temps d'encaisser le choc.

– Je savais que ça finirait comme ça, dit-elle d'une voix qu'elle s'efforce de rendre joyeuse.

Psychologue en entreprise, Clarisse est aujourd'hui en télétravail. Elle sourit à son reflet dans le miroir du salon et à la paix retrouvée dans la voix de son mari. Lui, si fort, si solide, biberonné dès l'enfance à la devise républicaine, s'est désagrégé à cause de la pandémie. Depuis il n'est plus le même. Son père et ses professeurs lui ont transmis la certitude que chaque patient a ses chances. Un médecin est là pour soigner la veuve et les enfants de la veuve, le pauvre et le riche, la religieuse et la putain, sans distinction, sans préférence ni jugement. Il a prononcé le serment d'Hippocrate, la version moderne de celui où jadis ses prédécesseurs juraient « par Apollon, par Asclépios, par Hygie et Panacée, par tous les dieux et toutes les déesses » de remplir, suivant leurs forces et leurs capacités, leur engagement sacré.

Par la force des choses, pendant le premier confinement, il a trahi ce serment millénaire. Une fois, une seule petite fois, il a dû regarder une patiente mourir sans pouvoir se bagarrer pour elle. Sa raison en a vacillé.

Il a remonté la pente, il va mieux, mais Clarisse le sait encore friable. À l'autre bout du fil, l'enthousiasme transfigure la voix de son mari. On ne se bat pas contre une maison : les pierres et les souvenirs gagnent toujours. Si Ker Joie peut lui rendre son Pierre inébranlable d'avant la pandémie, elle est d'accord. Cent fois, mille fois.

– Fonce ! dit-elle avec le sentiment de se jeter dans la gueule du loup.

– Tu es certaine ? Tu ne le regretteras pas ?

– Fonce, je te dis !

Pierre peste. Il a beau rappeler l'agence immobilière, il tombe systématiquement sur un insupportable répondeur qui répète d'un ton sirupeux que son correspondant est déjà en ligne et lui demande de renouveler son appel. Il grimace, fébrile, se ronge l'ongle du pouce. Persiste. Enfin, on répond.

– Ah, je commençais à m'inquiéter. Je suis le docteur Pierre Saint-Jarme. J'ai lu votre annonce pour Ker Joie. Je suis acheteur au prix demandé.

– De quel bien parlez-vous ? fait un type à la voix crispante.

– À Groix, dans le Morbihan, bout-il. La maison route de Pen Lann.

– Donnez-moi une minute… Ah, je vois. J'ai une autre adresse, Mez Stonhal.

– C'est pareil. Je peux signer aujourd'hui, tout de suite, le temps de venir. Et je voudrais demander une faveur aux propriétaires avant que la vente soit actée : louer leur maison dans deux mois, le temps d'un week-end, pour les quatre-vingts ans de ma mère.

– Je m'en occupe, répond l'agent immobilier.

– Vous les appelez ?

– Je m'en occupe.

– J'arrive immédiatement pour signer l'offre et bloquer la vente.

– Mmmh, je suis très pris aujourd'hui. Venez demain matin à dix heures.

Pierre secoue la tête, téléphone collé à l'oreille.

– Je préfère régler ça aujourd'hui.

– J'ai des rendez-vous non-stop jusqu'à ce soir. Voyons-nous demain matin, ça ne changera rien, monsieur.

Pierre, médecin, connaît l'importance cruciale de chaque minute. On est vivant, la seconde d'après on est mort. Pourquoi attendre ?

– Je rédige mon offre, vous leur transmettez, ils acceptent, tout le monde dormira mieux, insiste-t-il.

Il a envie d'ajouter : « Vous êtes payé à la commission, c'est dans votre intérêt », mais il entend dans sa tête la voix de sa mère : « On ne parle pas d'argent, ça ne se fait pas. » Chez les Saint-Jarme, on achète si on peut, on prête à qui on aime ce qu'on s'autorise à perdre. On emprunte le moins possible. On ne le mentionne pas.

– Monsieur, ça ne changera rien, répète l'autre après lui avoir donné l'adresse de son agence. Je vous attends demain à l'ouverture à 10 heures.

Pierre raccroche, le souffle court, l'adrénaline pulsant dans ses veines.

Ce soir, Ker Joie – rebaptisée Ker Robert pour les actuels propriétaires – appartient encore à Robert et Jeanne Potin, mariés pour le meilleur et pour le pire il y a cinquante ans. Le pire, pour Jeanne, étant de mettre un pied chaussé d'escarpin à talon aiguille à la mode d'autrefois sur un bateau et de quitter la banlieue parisienne et son coiffeur qui la coiffe en choucroute avec des tonnes de laque. Elle déteste en bloc les îles, la Bretagne, les enfants, les animaux et l'océan.

Dans l'agence immobilière, Kevin rappelle Doug Connor, le client irlandais qui a fait ce matin à la première heure une offre au prix pour Ker Robert.

– Tout est parfait, lui explique-t-il. J'ai l'accord des vendeurs qui ont contresigné votre offre. C'est aux notaires de jouer. Vous me confirmez que la vente n'est pas soumise à l'obtention d'un prêt ?

– Je paie cash, confirme Connor, satisfait du tour que prennent les choses.

Dans la foulée, Kevin téléphone à Robert et Jeanne Potin.

– Tout est O.K. avec monsieur Connor. Un second acheteur s'est présenté aujourd'hui, avec la même offre, trop tard. Toutefois, il souhaite louer votre maison pendant un week-end pour une fête de famille dans deux mois.

– Mais elle est complètement vide, lui rappelle Robert, surpris.

– Il existe des sociétés qui meublent en quelques heures, le temps d'un tournage de film. J'en connais une efficace et très pro. Le prix sera imputé au loueur, ce sera une opération gagnant-gagnant.

Robert se méfie.

– Et pour les assurances ?

– Je rédigerai un contrat avec une clause adaptée.

Appâté, Robert donne son aval. Kevin se félicite. Sitôt raccroché, il appelle son petit frère.

– Je t'ai trouvé un super contrat, annonce Kevin, tout faraud. Une maison à meubler sur une île bretonne, dans deux mois, pour un week-end. Je t'en dirai plus demain quand j'aurai rencontré ton futur client.

– Une île, c'est vraiment galère, faut tout apporter par bateau, ça fait des frais supplémentaires, objecte son frère.

– Je t'apporte un truc en or et tu pinailles ? Le type est déterminé, il ne mégotera pas sur la facture, crois-moi. Tu n'oublieras pas ma petite com'.

Ce soir, Robert et Jeanne Potin se sont engagés à vendre leur maison à Douglas Connor. Ils peuvent encore se rétracter, moyennant une sanction financière. Tout comme Connor qui perdrait les arrhes versées.

Kevin se frotte les mains, resserre le nœud de sa cravate, remue ses orteils emprisonnés dans les chaussures pointues qu'il déteste. Tout à l'heure, il troquera son uniforme inconfortable d'agent immobilier contre un jean, des baskets dans lesquelles ses orteils s'épanouiront, son tee-shirt favori pour une soirée série avec sa copine. Il est fan de *Downtown Abbey* et aurait adoré vivre à cette époque – à condition de ne pas naître du côté des cuisines.

Tout est allé très vite pour Doug Connor, gérant d'un *bed and breakfast* et passionné de voile. Il prenait son petit déjeuner à Galway avec son ami Vincent, propriétaire d'un voilier sur lequel Doug a souvent navigué dans les îles anglo-normandes. Ils ont évoqué les îles bretonnes du Ponant. Vincent a alors mentionné une maison à vendre sur celle de Groix, puis lui a montré sur son portable l'annonce qu'il avait vue le matin même sur le Net, et la photo de la demeure surplombant le port. Doug n'a pas dissimulé son intérêt.

– Les prix des maisons de vacances montent en flèche. C'est un bon investissement, tu es sûr de la revendre en faisant une belle culbute !

– J'ai des liquidités à placer. C'est peut-être la meilleure idée que tu aies jamais eue, Vincent. Donne-moi le numéro de l'agence, je vais me renseigner.

– À condition d'être ton premier invité !

Doug est un homme efficace, qui sait prendre des décisions. Après le petit déjeuner, il n'a pas fait traîner les choses et contacté l'agence : l'affaire s'est conclue aussi vite qu'une bôme change de côté quand un voilier empanne.

Ce soir, Doug Connor peut raisonnablement s'estimer futur propriétaire à Groix.

Charles, ancien camarade de lycée de Pierre, a passé plusieurs étés à Groix autrefois. Il sourit devant l'enthousiasme de son ami, se rappelle l'île posée au milieu de l'océan.

– Tu rachètes votre maison de famille ? C'est dans l'air du temps, les gens ont besoin de renouer avec leurs racines. Tu as un apport personnel de combien ?

Pierre sort des notes gribouillées. Son dossier se défend. Clarisse l'épaule grâce à un héritage récent. Charles et Pierre préparent ensemble le dossier de prêt. Le jeu en vaut la chandelle. Pierre a l'impression que ses morceaux se recollent, comme un puzzle éclaté dont les pièces aimantées glissent chacune vers sa place juste et parfaite.

– Sans ce virus chafouin, je t'aurais embrassé pour te remercier, dit-il à son ancien condisciple.

Dès le début, il a attribué cet adjectif au SARS-CoV-2 pour le ridiculiser – pas pour le dédramatiser, puisque le drame était là, implacable – le rabaisser, lui rogner les ailes.

– Comment va ton père, il tient le coup ?

– Il se sent très seul, dit Charles avec une grimace. Ce sont les soirées qui sont les plus difficiles.

Sa mère a succombé au chafouin, sa famille n'a pas pu lui dire au revoir. Ses petits-enfants trop nombreux n'ont pas eu le droit de se rendre à l'enterrement.

Pierre frémit en imaginant Adeline seule sur un lit d'hôpital, sans un proche pour lui tenir la main. Son appartement parisien est un Ker Joie en miniature : elle a opté pour les mêmes papiers peints et les mêmes rideaux. « J'ai choisi une fois pour toutes l'homme et le décor de ma vie », a-t-elle expliqué. Sauf qu'à Paris, en ouvrant sa fenêtre, un océan de voitures remplace l'Atlantique, et elle a une vue imprenable sur les embouteillages des quais.

Pierre rentre chez lui, radieux et transfiguré.

– J'ai vu Charles, tout est arrangé ! annonce-t-il à Clarisse. On signe à l'agence immobilière demain matin à 10 heures. Tu ne peux pas savoir ce que ça représente pour moi.

– Je crois que si, murmure sa femme.

Il la serre contre lui.

– La cohabitation avec ma famille n'a pas toujours été facile pour toi à Groix, je sais.

– C'est un euphémisme. Mais je t'aime, Pierre, de la Terre à la Lune et retour.

– Je t'aime, Clarisse, de Groix à la grande terre et retour.

– C'est moins loin, fait-elle en riant.

Aujourd'hui Pierre a les tempes dégarnies et les cheveux poivre et sel, Clarisse a des rides de sourire, mais leur lien est indéfectible.

– On prévient Arthur ? suggère-t-il.

– Il vient déjeuner dimanche, on lui annoncera.

Ils jubilent à l'idée de la surprise de leur fils, brillant étudiant en médecine qui perpétue la tradition familiale.

Pierre cesse de tourner autour du pot, aborde ce qui le tracasse :

– On ne peut pas s'installer dans la chambre de maman et la caser dans une chambre d'amis quand elle viendra. Je sais bien que c'est la plus belle, mais je me vois mal faire l'amour avec toi là où mes parents m'ont conçu.

Clarisse éclate de rire.

– Tu es irrécupérable ! Il faut que je te dise quelque chose. Ne le prends pas mal, hein ?

Il déteste quand elle lui fait ça. C'est une *private joke*, depuis le début : faire semblant qu'on va dire à l'autre qu'on veut divorcer, qu'on le quitte, qu'on a rencontré quelqu'un, que rien ne va plus. Sauf que dans leur couple « Il faut que je te dise » est rituellement suivi par « Je t'aime ».

– Pas aujourd'hui, Clarisse, supplie-t-il.

– Je suis sérieuse, Pierre. Je n'aime pas les îles, dit-elle en détachant les mots. Je me fiche de Groix. Je m'en tape, de Ker Joie. Je me contrefous d'avoir la chambre d'Adeline avec la belle vue sur le port. C'est toi seul qui m'importe. Ta joie à toi me construit, elle me grandit, me réchauffe et me rend meilleure. Du moment que je dors contre toi, que je me réveille près de toi au milieu de la nuit parce que tu ronfles et que tu m'as encore piqué la couette, je suis heureuse.

Il en reste bouche bée.

– Tu… n'aimes pas les îles ? C'est une blague ?

– L'eau ne m'emballe pas. L'océan est trop froid et trop mouillé.

– L'océan est trop mouillé ? répète Pierre stupéfait.

– Indubitablement, riposte Clarisse.

– Message reçu. Moi aussi il faut que je te dise quelque chose.

– Je t'écoute.

– Je t'aime encore plus que cette maison. Tu choisis quelle chambre ?

– J'ai toujours préféré la chambre verte, dit Clarisse.

– Impossible. C'est celle de Paul. Maman ne le supporterait pas.

– Il est temps qu'elle accepte sa mort.

– La rouge et la bleue sont très bien aussi, argumente Pierre.

– Tu achètes Ker Joie pour ta mère et ses fantômes ? Ou pour nous ? Sa chambre est sacrée… celle de ton frère aussi… C'est une maison ou un mausolée ?

Elle s'en veut de remuer le couteau dans la plaie, mais elle a peur que ça recommence. Pour sa belle-mère, elle n'est qu'une pièce rapportée, utile pour perpétuer l'espèce. Les premières années de son mariage, Clarisse en a souffert, puis s'est inclinée. Adeline la traite avec politesse et courtoisie, jamais un mot plus haut que l'autre, mais les deux femmes sont en concurrence permanente pour l'amour de Pierre.

– Je veux préciser un point crucial, dit Clarisse. Si tu rachètes cette maison…

– Puisque nous rachetons Ker Joie, corrige Pierre.

– Puisque nous rachetons Ker Joie, nous serons chez nous. Je serai chez moi, pas chez ta mère. D'accord ? Si elle doit être là tous les étés, tu la recevras tout seul, tu feras les courses, la cuisine, le ménage, le chauffeur, et moi j'irai m'éclater dans un club de vacances en me mettant les pieds sous la table. Tu es prévenu.

– Tu avances tes pions lentement mais sûrement, marmonne son mari, déstabilisé.

– Je déteste cette métaphore. Ton père, grand joueur d'échecs devant l'Éternel, avait tort : la vie n'est pas un échiquier, nous ne sommes pas des pièces, nous sommes des humains. Je suis ta femme, pas un pion qui se déplace en avant et prend sur le côté.

– Maman a moins de temps devant elle que nous, argumente Pierre.

Clarisse a perdu la sienne jeune, d'une « longue maladie » foudroyante : cancer du pancréas, trois mois, hop, elle s'est retrouvée orpheline. Son père l'a mise en pension, puis s'est remarié et a eu d'autres enfants avec une femme pour laquelle Clarisse était un boulet. Elle espérait qu'Adeline serait une figure maternelle, elle a vite déchanté.

– Qu'est-ce que tu en sais ? Si nous devenons propriétaires de Ker Joie, c'est moi qui serai la maîtresse de maison.

– Tu seras la seule et l'unique, promet Pierre.

– Très bien. On prend la chambre rouge et j'aurai ma salle de bains.

Il ouvre de grands yeux.

– Je rêve de prendre des bains moussants en regardant l'océan, explique-t-elle. On ajoutera une baignoire dans notre chambre devant la fenêtre.

– On perdra de la place.

– On gagnera du plaisir.

Une vague d'angoisse le traverse brusquement.

– Les actuels propriétaires ont peut-être tout cassé? Peut-être que nos anciennes chambres n'existent plus?

– Ou qu'ils ont collé de la moquette sur les parquets et tapissé les murs de frisette?

– Il faut sauver Ker Joie! affirme Pierre avec feu.

La soirée est gaie, fébrile. Clarisse décongèle des gambas et les flambe. Après le dîner, au lieu d'allumer la télévision, ils rouvrent les vieux albums des photos de vacances. Ils boivent du whisky, croquent du chocolat noir à la fleur de sel, tournent les pages. Ils n'ont aucune photo de Ker Joie dans leurs portables, Pierre parce qu'il souffrait trop de l'avoir perdue, Clarisse parce que la maison était pour elle synonyme de malentendus, de tensions, de pièges.

– Regarde celle-là!

– C'est le jour où Arthur s'est cassé le bras.

– Tu te rappelles cette soirée géniale sur la plage des Sables Rouges?

– J'étais gelée.

– Et celle-ci, on était partis du Gripp pour une balade avec toutes les générations Saint-Jarme. Objectif pour les plus courageux: les vingt-huit kilomètres du tour de l'île, environ sept heures. Pour les moins courageux: le café

Chez Soaz, quatre cent cinquante mètres, dix minutes. Quelle belle journée !

– J'avais des baskets neuves et des ampoules aux talons, une horreur.

Lui ne voit que les rires et les bons moments. Elle ne voit que l'humidité, les brouilles, les bobos, les dangers.

Le niveau de whisky baisse dans la bouteille. Comme beaucoup de couples mariés depuis belle lurette, ils font moins souvent l'amour, Pierre est couche-tôt, Clarisse regarde la télévision tard, mais ce soir ils chaloupent jusqu'au lit et s'y écroulent. Depuis le temps qu'ils s'étreignent, le corps de l'autre est devenu familier, presque rassurant, pourtant en cette nuit spéciale ils s'étonnent, se découvrent fougueux et inventifs, ils osent, s'amusent, s'échappent, naviguent, se retrouvent, se fêtent. Ils s'endorment au petit matin, épuisés et heureux, songeant à la maison de l'île. Pierre s'imagine avec Clarisse, nus devant le feu dans le salon. Clarisse se voit dans sa future baignoire devant l'océan, plongée dans un bain à la menthe. Après cette année déchirante, leur nouveau monde sera indéniablement breton.

Immobile, solide, elle domine le port. Elle voit les jours et les bateaux se succéder, les saisons alterner, les enfants grandir, les voiliers gîter, les rouliers changer de nom, de forme, de moteurs. Le premier amène les travailleurs et les touristes, apporte le courrier et les marchandises. C'est le signal, un nouveau jour recommence. Le soleil se lève aussi sur le cimetière du bourg, là où reposent les marins péris en mer et les terriens morts dans leur lit ou à l'hôpital de Lorient.

Ker Joie ne peut pas mourir, ensemble de matériaux nobles, pierres, bois, courage et espoir. Elle a ce charme unique des vieilles bâtisses construites pour durer et affronter les hivers bretons. À l'époque de sa construction, il n'y avait pas de résidents secondaires, les maisons abritaient les familles des tempêtes, tournaient le dos aux flots que les marins affrontaient le reste du temps. Pour toutes ces raisons, l'entrée est côté rue, et les ouvertures sont plus petites côté port et océan. Les planchers portent les marques des blessures infligées par les hommes, les animaux, le mobilier et l'humidité. La peinture gondole par endroits. La cheminée tire bien, mais les murs sont de guingois. Ker Joie a son parfum qui prend au palpitant ceux qui l'aiment. Rien ne l'altère, ni la cuisson du chou-fleur ni celle des sardines grillées, la maison l'emporte sur les légumes de terre et les poissons de mer.

Elle attend son heure, silencieuse, hiératique, sereine, majestueuse, égoïste, cruelle, protectrice. Pendant la pandémie, elle a vu circuler moins de bateaux, débarquer moins de touristes. Les restaurants et les locations de vélo étaient fermés, les marins et les voileux masqués, ça ne riait plus, l'océan était stupéfait, les humains domptés par un ennemi invisible et microscopique.

Robert et Jeanne Potin sont venus se réfugier dans l'île sans se demander s'ils risquaient d'y transporter le virus, refusant les gestes barrière et les masques sous prétexte qu'ils n'étaient plus en banlieue parisienne. Leurs voisins groisillons leur ont battu froid, les Potin se sont butés, vexés. Du coup ils vendent, préférant rejoindre la Côte d'Azur.

Depuis, Ker Joie est vide, pas chauffée, les pièces semblent plus grandes, un couple de goélands a pris ses habitudes sur la terrasse, un chat noir et blanc squatte l'abri à bois. Aucune musique, aucune voix humaine, aucun pas, aucune cavalcade dans l'escalier, que le silence. Qui seront les prochains à investir les lieux ? Elle les attend.

Doug Connor va régulièrement au pub, mais il ne boit plus d'alcool, il avait pris de l'avance question bitures et un jour son médecin l'a prévenu que s'il continuait ça allait se terminer vite et mal. Alors il a arrêté d'un seul coup, sans médicaments, sans l'aide d'un psy, par sa seule volonté. Il a remplacé les nuits de beuveries par des joggings au lever du soleil et des convoyages de bateaux par tous temps. Il a appris à être joyeux et sobre au milieu d'une assemblée de fêtards, il est devenu le chauffeur qui reconduit les copains en bordée, l'homme qui barre dans la tempête, celui sur qui compter. Il est toujours amoureux de la même femme, aucune autre ne trouve grâce à ses yeux. Il est tombé sur la bonne du premier coup.

L'agent immobilier à la voix horripilante vient de lui envoyer par mail une vidéo de Ker Robert vue du ciel. En précisant : « Elle a été prise par un drone, c'est le meilleur moyen de situer votre bien, même s'il paraît que c'est interdit vu la proximité avec la base de Lann-Bihoué. »

Doug regarde les constructions qui entourent sa future propriété, le port, le bassin à flot, les voiliers et les bateaux de pêche. La maison a du cachet. Elle arrive à pic dans sa vie. Il n'a pas pris de vacances depuis des années, a beaucoup travaillé et peu dépensé, il peut se permettre cet achat. Si quelqu'un lui avait dit il y a une semaine qu'il allait sauter le pas, et en France en plus, il aurait ri au nez de son interlocuteur.

– *Ker* signifie « chez » en breton, a remarqué maître Julien Maraton, son notaire. Vous pourriez changer son nom, et l'appeler Ker Doug ?

Servane Saint-Jarme, fille d'Adeline et mère de Martial, a gardé son nom de jeune fille qu'elle trouve plus joli que celui de son mari, François Chaise. Elle soupire, découragée.

– Je cherche une idée pour l'anniversaire de maman, c'est difficile, elle a tout ce qu'il lui faut et elle déteste les cadeaux inutiles.

– Un plaid ? propose François.

– Ça fait trop vieille dame.

– Elle a quatre-vingts ans, tu veux lui organiser une rave party ou un flash mob ?

La mère de François adore les châles, les tisanes, les pantoufles, les abonnements aux magazines pour seniors. Celle de Servane exultait de joie au dernier Noël quand ses petits-enfants lui ont offert un casque de réalité virtuelle. Elle se foutait des jolis gants fourrés que Servane lui avait offerts, et riait aux éclats en s'essayant au jeu en trois dimensions.

– On se réunit où ? demande François.

– Je ne sais pas. Pierre loue une maison et nous on paie les courses.

– Ton frère est généreux avec l'argent des autres, on ne roule pas sur l'or, nous.

Elle le regarde, agacée. Sa brasserie marchait du feu de Dieu, mais il a dû mettre la clef sous la porte à cause du virus qui a mis la planète sens dessus dessous. Les aides gouvernementales n'ont pas suffi, il a bataillé, les banques ont fini par le lâcher. Il vient de remonter un petit bar à vins, il rame et son ulcère à l'estomac lui tient désormais compagnie.

Servane, elle, vend aux autres dans son cabinet l'assurance qu'elle n'a pas. Elle excelle dans son domaine, douée pour convaincre ses clients de signer plein de chouettes contrats contre les aléas de la vie.

Ils se sont rencontrés adolescents à Jeunesse et marine, l'école de voile de Port-Lay. Leur couple était paisible, avant que le Covid le blackboule. Ces mois de confinement en tête à tête ont sonné le glas de leur mariage. Ils sont devenus frère et sœur.

– François… Martial est adulte, il ne vit plus avec nous, commence-t-elle

– Et donc ?

Elle essaie de faire passer dans son regard toute la douceur du monde.

– Si on faisait un break ?

– Oh ? lâche-t-il, désarçonné. Je ne m'y attendais pas.

– Je me sens à l'étroit…

– À l'étroit ? rétorque-t-il, piqué au vif.

– Quand on ne se regarde plus, on ne peut plus se voir : on a de la tendresse l'un pour l'autre, mais on ne se supporte pas.

– Moi je te supporte très bien. Si c'est vraiment ton sentiment, je vais me chercher un appartement, se résigne-t-il, peiné. Au moins, je serai dispensé de réunion de famille ! L'anniversaire de ta mère se fera sans moi.

– Non, s'il te plaît, viens. J'aurai besoin de soutien.

– Tu ne veux pas avouer à ta mère que tu me quittes ?

– D'abord je ne te quitte pas, on fait une pause. Ensuite, on leur annoncera après la fête, pour ne pas la gâcher.

– Je vois. Un package : anniversaire – champagne – gâteau – cadeaux – applaudissements – ah ! au fait on divorce ?

– En quelque sorte, murmure-t-elle.

Noémie et Adeline Saint-Jarme dînent à Paris. En contrebas, les voitures s'agglutinent et klaxonnent. Le son discordant monte dans l'air chaud et les agresse.

– Pour mon anniversaire, tu m'épargneras les plaids et les charentaises, par pitié. J'aimerais que vous n'en fassiez pas tout un plat.

– Oncle Pierre et tante Servane sont persuadés que tu attends ce jour avec impatience.

– Si j'arrive jusqu'à cent ans, je vous interdis d'organiser une fête ! Promets-le moi.

– C'est dans vingt ans, Mammig, on a le temps.

Ses petits-enfants l'appellent Mammig, ils appelaient leur grand-père Tadig. À Groix, on dit plutôt *meumée* ou *peupé*. En Bretagne, c'est *mam-coz* et *tad-coz*.

– Jure-le moi, insiste Adeline.

– Groix de bois, Groix de fer, si je mens je vais sur la grande terre, dit solennellement Noémie.

Adeline se crispe. Noémie, qui a lancé la phrase par réflexe, le regrette aussitôt.

– Désolée.

– Rattrape-toi en m'évitant ce pensum. Organise une cagnotte et offrez-moi des voyages en 3D dans mon casque.

– Tu rigoles ?

– C'est leur anniversaire, ou c'est le mien ? s'emporte Adeline.

La petite-fille et la grand-mère vivent ensemble depuis toujours. Quand Noémie était encore bébé, sa mère, Mandy, a été emportée par une méningite, et son père, Paul, est parti sac au dos sur le toit du monde. Il n'en est jamais revenu.

Noémie est une drôle de fille, singulière, ravissante sans le savoir. Son père a été présumé absent dix ans, conformément à la loi, puis déclaré absent officiellement. Pour elle, il était mort. Cela n'a posé aucun problème de succession, vu qu'il ne possédait rien. Elle a hérité de sa mère des tuniques indiennes et une collection de sabots, ce qui lui fait une belle jambe. Pour la fête des mères ou des pères, quand la maîtresse faisait confectionner un cadeau à sa classe, elle renâclait, finissait par accepter, pour imiter les autres. Puis balançait le résultat à la poubelle. Ses parents, sur sa table de nuit, sourient à l'avenir, cheveux longs, détendus, pieds nus, jeunes, magnifiques, invulnérables. Elle les imagine l'engueulant : ça lui a manqué de ne jamais se disputer avec eux. Une porte claquée, une crise de larmes, une scène pour meubler le vide. Elle n'a rien, que des bribes de souvenirs qui lui filent entre les doigts comme le sable de Port-Mélite. Se persuade qu'elle a entendu sa mère actrice déclamer les textes de son père. Sa grand-mère lui a décrit les spectacles qu'ils donnaient dans des cafés théâtres, mais il n'y a aucune captation. De la voix de Mandy, des mots de Paul, du couple amoureux de la photo, il ne reste que Noémie et le couvert vide que sa grand-mère s'obstine à mettre pour son fils cadet aux réunions de famille. Noémie a besoin de croire son père mort pour respirer sans lui. Adeline a besoin d'espérer le retour de son fils pour mieux respirer.

Philippe, le patriarche, est enterré à Groix, au cimetière du bourg, mais comme ils n'y vont plus, Adeline a choisi au hasard une tombe au cimetière de Passy, celle d'un inconnu que personne ne vient fleurir ni nettoyer. Elle s'y rend seule à la Toussaint et le jour de leur anniversaire de mariage, avec deux flûtes et du champagne.

Corps ébloui, respiration ample, Pierre se réveille. Pour la première fois depuis longtemps, Marthe et Zacharie sont loin de ses pensées. Il inspire à fond, surpris de ne plus être écrasé, d'avoir envie de se lever. Il avait oublié comme on peut se sentir léger. Attiré par la bonne odeur qui flotte dans l'air, il cingle vers la cuisine. Clarisse empile des pancakes sur une assiette.

– Tu n'en as plus fait depuis qu'Arthur a quitté la maison, s'étonne-t-il en se mettant à table.

– Aujourd'hui est un jour à marquer d'une bière blanche de Groix, dit gravement Clarisse.

– Tu crois que les vendeurs ont gardé notre cabane de pirate ?

La famille entière avait mis la main à la pâte, transportant des planches, sciant du bois, maniant marteau et clous. Il y avait eu des échardes dans des doigts, un pouce écrasé, des grenadines et des bières, des rires la nuit à la lueur des lampes de poche. La cabane construite dans le grand pin était surmontée d'un torchon de cuisine rouge sur lequel ils avaient peint en noir une tête de mort, des tibias croisés, un S et un J.

– Le drapeau « Saint-Jarme ne désarme », se rappelle Pierre. C'est Paul qui avait trouvé le nom…

Ils arrivent avec un peu d'avance devant L'incroyable agence. Le nom est bien trouvé. Pierre trépigne, Clarisse a envie de faire pipi, un classique quand elle est stressée. Kevin les accueille, costume cintré, chaussures pointues, orteils douloureux, sourire de façade. Clarisse demande illico où sont les toilettes et s'éclipse. Quand elle les rejoint dans le bureau, son mari est si pâle qu'elle panique.

– Qu'est-ce que tu as ?

– On arrive trop tard.

– Quoi ?

Il a du mal à retenir ses larmes. Elle ne l'a vu pleurer que trois fois : de joie quand Arthur est né, de tristesse à l'enterrement de son père, d'impuissance le jour où sa patiente Marthe a lâché la rampe.

– Un acheteur m'a contacté hier matin à la première heure, précise Kevin. Son offre au prix a été tout de suite acceptée.

– Pourquoi ne me l'avez-vous pas dit ? Pourquoi nous faire venir ? Par sadisme ? éructe Pierre.

– Pour vous présenter d'autres biens. Nous avons une dizaine de maisons splendides qui pourraient vous…

– Je me fiche de vos baraques !

Pierre se penche par-dessus le bureau, menaçant. Kevin recule son fauteuil à roulettes vers le mur.

– Nous ne sommes pas intéressés, coupe Clarisse. Nous voulons Ker Joie, c'est la maison de famille de mon mari.

– Vous parlez de Ker Robert ?

– Mettez-moi en rapport avec votre acheteur, je vais lui faire une proposition, exige Pierre.

– Je suis lié par le secret professionnel.

– Seul le secret médical est sacré. Ce n'est pas une transplantation cardiaque où je vous demande le nom du donneur ! Je ne vous court-circuite pas et j'augmenterai votre commission. Dites-moi son nom.

– C'est un Irlandais qui s'appelle Doug Connor.

Pierre quête du regard l'assentiment de Clarisse. Il vendra leur place de parking à Paris, un voisin la lorgne depuis des années. Il galèrera pour se garer dans le quartier, mais si Ker Joie lui passe sous le nez il en mourra, et les cadavres n'ont pas besoin de voiture.

– Je lui offre dix pour cent du prix de la vente s'il renonce. Non, quinze, allez, soyons fous. Et je double votre com'.

– La proposition est généreuse, intervient Clarisse en fixant l'agent immobilier droit dans les yeux. Relayez-la s'il vous plaît.

Kevin compose un numéro sur son portable. Tombe sur un répondeur.

– Bonjour, monsieur Connor, c'est Kevin, de L'Incroyable agence. Je souhaite vous parler d'urgence à propos de la maison à l'île de Groix. Rappelez-moi dès que vous aurez ce message. Merci.

Ils se font face, tendus, aux aguets. Pierre sent une main peser sur sa poitrine, il a du mal à respirer, pas le moment de faire un infarctus, il est trop jeune, enfin, pas assez vieux, son cœur a été jusque-là un allié fidèle même si la mort brutale de son père lui confère un facteur de risque. Il serre les dents, respire à fond, évalue ses pulsations sur l'artère radiale du poignet.

– Je vous rappellerai quand j'aurai des nouvelles, promet Kevin. Et si vous voulez toujours louer Ker Robert…

– Ker Joie !

– Enfin, la maison, dans deux mois, pour un week-end, j'en ai touché un mot aux vendeurs, ils sont d'accord.

Le prix que Kevin leur indique est élevé, mais Pierre n'est plus à ça près. Rien n'est trop beau pour les quatre-vingts ans d'Adeline.

– C'est excessif mais nous n'avons pas vraiment le choix, dit-il.

– On devrait peut-être discuter, argumente Clarisse.

– On n'est pas en position de force, souffle Pierre.

– Tu pourrais louer un château pour ce prix !

– Il plaira moins à maman que sa propre maison.

– Qui est vide, rappelle Kevin. Je connais un professionnel sérieux qui vous la meublera pour les trois jours, avec bibelots, vaisselle, linge, tout ce dont vous aurez besoin.

– Je n'avais pas pensé à ce détail, s'assombrit Pierre.

– L'entreprise que je vous recommande travaille pour le cinéma, la télévision et la pub. Ils feront le ménage, chaufferont et décoreront la maison comme si vous l'aviez quittée hier.

Pierre songe au mobilier de marine ancien de ses grands-parents, aux lits bretons, aux armoires, donnés ou vendus pour une bouchée de *tchumpôt*, parce que trop imposants pour Paris.

– Il faudra combien de couchages ? se renseigne Kevin.

Pierre compte sur ses doigts.

– Nous serons huit en tout.

– Non, neuf, corrige Clarisse. Ta mère en sera malade si on ne prévoit pas un lit pour Paul.

Pierre soupire.

– En effet, nous serons neuf.

Ils sortent de L'Incroyable agence dont à présent il trouve le nom grotesque. Il est désagrégé, elle est navrée, glisse sa main dans celle de son mari.

– Saint-Jarme ne désarme, dit-elle doucement.

De retour chez eux, Pierre cherche sur Internet mais il y a assez de Connor pour remplir un stade. Il clique sur un lien, des notes de guitare s'élèvent, une musique celtique.

– Le morceau s'appelle *Mr Connor* de Tom Stringer, dit-il à sa femme. Je ne méritais pas Ker Joie. C'est ma faute si Paul n'est plus là. Maman ne m'en parle jamais, mais chaque fois qu'elle me regarde, ses yeux me le reprochent.

Pierre, dix-huit ans, et Paul, seize ans, braillent des chants de marins et boivent jusqu'à plus soif au Ty Beudeff, le mythique bar du port de Groix. Les frères Saint-Jarme sont connus là-bas, comme le loup blanc dirait leur mère Adeline, comme le thon blanc se marre Paul. Les frérots ont repéré une fille ravissante, une Vannetaise blonde aux yeux dorés avec des seins pommelés sous un tee-shirt floqué Brav Eo Ar Vuhez, *qui signifie en breton « La vie est belle ».*

– Elle est pour moi, prévient Pierre.

– Pas question, que le meilleur gagne !

Ils lui tournent autour, deux abeilles sur un pot de miel, lui expliquent qu'en groisillon il y aurait écrit « Kaer é er vuhé *». Le cadet profite du moment où l'aîné s'absente pour entraîner dehors la fille au prénom de fleur.*

– Tu rentres comment, Pivoine ?

– À pied. Mon père m'interdit de monter dans la voiture d'un garçon saoul. J'ai promis.

– Sage recommandation. Je n'ai pas de voiture mais j'ai un vélo, c'est autorisé ? Ton père n'a rien contre les deux-roues ?

Elle rit.

– Monte sur mon porte-bagages et accroche-toi.

Pierre, revenant des toilettes, les cherche au bar, puis à travers la salle. Il questionne le barman qui lui répond qu'ils sont partis. Furieux, il se précipite dehors. Le vélo de son frère a disparu.

Les parents de Pivoine ont loué une maison à Locqueltas. Il y a plusieurs façons d'y aller depuis le Ty Beudeff. Remonter la rue Stéphant à vélo en sens interdit en espérant ne pas rencontrer de gendarmes – mais avec Pivoine sur le porte-bagages, il faudrait être Hulk –, ou monter vers le bourg. Ensuite, on peut tourner à gauche et tracer vers Locmaria, puis à droite Kersauce avant de grimper la côte, ou traverser le bourg, continuer sur Lomener puis à gauche.

Paul préfère Locmaria, Pierre le sait, il n'hésite pas, prend ce chemin. Fonce à travers l'obscurité, mâchoires serrées, la fureur lui donne des ailes. Il était certain de plaire à Pivoine, de lui rouler une pelle d'anthologie devant l'océan, il a le droit d'aînesse, son frère n'est qu'un petit branleur. Mais Paul, anticipant le raisonnement de Pierre, a pris l'autre chemin. Son vélo file le long des champs noyés dans la pénombre. Ils croisent des lapins et des chats baladeurs.

Pivoine est légère, elle entoure la taille du garçon de ses bras pour ne pas tomber, colle Brav Eo *et* Ar Vuhez *contre lui dans les tournants. Les deux Saint-Jarme l'amusent. Pour elle, fille unique, c'est fascinant de voir combien ils se ressemblent, mêmes voix, mêmes silhouettes, sauf que Pierre a des cheveux raides et Paul une masse frisée indisciplinée. Elle a joué avec les frères mais ça n'ira pas plus loin. Sortir avec un garçon se résume encore pour elle à un baiser volé.*

Le vélo fend la nuit, elle crie pour de faux, imagine la douceur des lèvres de Paul sur les siennes bientôt, avant de s'endormir seule sous sa couette aux motifs maritimes.

La route depuis Lomener descend à l'entrée de Locqueltas. Paul beugle, sans ralentir :

– Nous étions deux, nous étions trois, nous étions trois marins de Groix.

– Freine ! conseille Pivoine, inquiète.

– On va s'envoler, assure Paul.

Pierre arrive de Locmaria sur leur bâbord, il les entend et pédale avec l'énergie du désespoir, atteint le haut de la côte, dévale la courte descente, débouche à l'intersection au moment exact où les autres l'atteignent. Il ne ralentit pas, fonce droit sur son frère et sur Pivoine qui se tient en équilibre sur son porte-bagages.

Pas besoin de cours de physique pour comprendre ce qui s'ensuit. Les deux vélos se heurtent, l'impact est brutal, les trois corps dessinent d'élégantes arabesques dans la nuit avant de s'écraser sur le sol.

Adeline continue à parler à Philippe, à lui raconter ses journées, à quêter son avis. Ses enfants ignorent qu'elle a jadis rêvé d'une vie différente. Jeune, elle a lu Simone de Beauvoir, s'est voulue libre, sans fil à la patte. Contrairement à ses camarades de classe, elle ne voulait ni enfants ni mari, mais des voyages, des couchers de soleil sur les ponts de voiliers ou au milieu des déserts. Elle a aimé à la folie le beau Philippe Saint-Jarme, étudiant en médecine prometteur, elle a navigué avec lui jusqu'à l'horizon, il l'a emmenée à Groix et elle est tombée amoureuse de l'île. Mais un matin elle s'est levée avec un haut-le-cœur qui a persisté toute la journée, et les suivantes, et elle s'est rendue à l'évidence.

Ils n'étaient pas mariés. À cette époque, avoir un enfant sans être passés devant le recteur – le curé en Bretagne – et le maire était inimaginable. Le patron du service de Philippe l'a sauvée en interrompant illégalement la grossesse. L'enfant qui aurait dû naître était un garçon, a précisé le médecin. Philippe, homme d'honneur, a demandé Adeline en mariage dans la foulée. Très amoureuse, elle s'est crue obligée d'accepter, aliénant ses espoirs de liberté.

La noce à Groix a été mémorable. Adeline a de nouveau été enceinte six mois plus tard. Elle s'est muée en une mère de famille exemplaire et une maîtresse de maison parfaite, jouant son rôle de Parisienne dans la capitale et redevenant elle-même chaque fois qu'elle était à Groix.

Pierre, qui à tort se croit l'aîné, n'est donc pas l'enfant de l'amour, mais celui de la morale et des conventions sociales. La culpabilité d'Adeline n'a pas diminué lorsqu'elle l'a pris dans ses bras, au contraire. Étrangement, la naissance de Paul deux ans plus tard l'a rassérénée, ce fils-là rétablissait l'ordre des choses. Dès son premier cri, il a été son préféré, comme si l'enfant refusé s'était glissé sous ses traits, effaçant les fautes du passé. Foutraque, ébouriffé, séduisant, joyeux, irrésistible.

Adeline est reconnaissante à Pierre de gérer son épargne, de s'occuper de ses impôts et des factures, de la protéger matériellement depuis la disparition de son père. Une mort coup de poing, brutale, coup de tonnerre dans un ciel serein. Philippe faisait un aller-retour rapide pour s'entretenir avec le couvreur qui réparait le toit de Ker Joie, il avait choisi le train plutôt que la voiture. Il était assis dans le sens de la marche, à une place seul, lisant le journal. Une femme, montée à Rennes, s'est installée en face de lui. Elle a remarqué ses mains soignées, ses cheveux blancs bouclés, ses boutons de manchette à l'ancienne. Puis elle s'est plongée dans un roman. À l'arrêt de Lorient, Philippe est tombé en avant, s'affaissant sur elle. La femme l'a repoussé en criant, semant la panique dans le wagon. Le train a été immobilisé, la police et les secours sont montés à bord. Philippe Saint-Jarme, né à Groix, a été déclaré mort à Lorient, trois lieues au large de son île natale.

Depuis ce jour, Adeline refuse de remettre les pieds dans un train. Jusqu'à la vente de Ker Joie, Pierre et Servane se sont relayés pour la conduire à Groix. Pierre conduisait trop vite, Servane trop lentement. Elle rêvait du matin où Paul reviendrait ; lui seul trouverait la juste vitesse pour rallier leur île.

Adeline se réjouit que sa petite-fille – en dépit de son statut particulier – s'entende bien avec toute la famille. Pierre, un peu rigide, est protecteur, Clarisse généreuse, Servane se sent toujours lésée, François est gentil, ses cousins sont comme des grands frères. Noémie vient d'avoir vingt ans, elle ne les a pas fêtés en raison du Covid. Elle vit encore chez sa grand-mère alors que ses cousins ont pris leur indépendance. Après son bac, au lieu de s'inscrire en fac, elle s'est engagée pour un an de service civique dans une association qui rapatrie en France des enfants cardiaques de pays défavorisés afin de les opérer. Elle anime aussi depuis peu des ateliers d'écriture. Chaque dimanche, elle déjeune avec Adeline, puis elles sortent la piste de dés pour le Yam's ou le plateau du Scrabble, et les affaires sérieuses commencent.

Philippe, mordu des échecs, avait enseigné la marche des pièces à ses enfants, puis à ses petits-enfants. Le matin de sa mort, à Paris, avant de prendre le train, il a commencé une partie avec la petite Noémie sur le jeu ancien que lui avait offert Adeline pour Noël. Ils comptaient la reprendre à son retour. Douze ans et un déménagement plus tard, les pièces sont restées à leur place, personne n'a osé finir la partie ni suggérer à Adeline de les ranger.

De : Pierre Saint-Jarme
À : Tout le monde (Servane, François, Arthur, Martial, Noémie, Clarisse)
Objet : Anniversaire surprise

Bonjour la famille,
Clarisse et moi avons trouvé le lieu idéal pour fêter maman. Nous l'avons loué pour trois jours : départ le vendredi, retour le lundi matin.

De : Servane
À : Pierre
Objet : Anniversaire surprise

Et donc, c'est où ?

De : Pierre
À : Tout le monde
Objet : Anniversaire surprise

Faites-moi confiance, vous allez adorer.

De : Arthur
À : Tout le monde
Objet : Anniversaire surprise

Un Airbnb à Londres ?

De : Servane
À : Tout le monde
Objet : Anniversaire surprise

Un week-end à Venise ?

De : François
À : Tout le monde
Objet : Anniversaire surprise

Crache ta Valda mon vieux, ne nous fais pas languir, c'est où ?

De : Pierre
À : Tout le monde
Objet : Anniversaire surprise

Je vous le dirai le matin du départ. On ira à deux voitures. J'ai cinq places dans mon Audi, j'emmène Clarisse, Arthur, maman et Noémie.

De : François
À : Servane
Objet : Anniversaire surprise

Ton frère croit nous épater avec sa grosse bagnole ?

De : Servane
À : Pierre

Objet : Anniversaire surprise

Pourquoi c'est toi qui emmènes maman ? Peut-être qu'elle préfèrera venir avec nous ?

De : Arthur
À : Tout le monde
Objet : Anniversaire surprise

J'irai dans ma 500 avec Martial et Noémie, ne vous inquiétez pas pour nous.

De : Noémie
À : Pierre
Objet : Anniversaire surprise

Tu nous diras quel temps il fera pour que j'aide Mammig à faire sa valise ?

De : Martial
À : Tout le monde
Objet : Anniversaire surprise

Cadeau commun ?

De : Noémie
À : Tout le monde
Objet : Cadeau d'anniversaire

Si on lui offrait un bocal à émotions ? Chacun y met un papier racontant son plus beau souvenir avec elle. Elle les déplie les uns après les autres, et on rembobine le temps pour revivre le moment ensemble. Ça lui plaira plus qu'un châle ou une boîte de chocolats.

Noémie songe à son père sur la dernière photo qu'Adeline a reçue de lui, un mois après son départ, un trentenaire maigre aux yeux de braise avec une masse de cheveux frisés, un chèche autour du cou, un jeans usé, une chemise blanche. Il aurait écrit quoi, lui, dans le bocal à émotions ?

De : Pierre
À : Tout le monde
Objet : Cadeau d'anniversaire

Excellente idée.

De : François
À : Servane
Objet : Suggestion

On racontera notre mariage dans le bocal
et dans la foulée on annoncera que tu te casses ?

De : Clarisse
À : Pierre
Objet : Voyage d'anniversaire

Merci de me compter dans les passagers
de ton Audi.
J'imagine que ta mère sera installée
devant pour allonger ses jambes ? Je te rappelle
que j'ai mal au cœur à l'arrière...

De : Pierre
À : Clarisse

Objet : Voyage d'anniversaire

Mon amour, enterre la hache de guerre.

De : Noémie
À : Arthur et Martial
Objet : Anniv Mammig

Arthur, je t'adore, tu es mon sauveur.

De : Martial
À : Noémie et Arthur
Objet : Anniv Mammig

On peut emmener une quatrième personne avec nous ?

Arthur gare sa vieille Fiat 500 devant la brasserie de Montparnasse où ses cousins l'attendent, elle vibre dès qu'il accélère, mais elle en a encore sous le capot. Noémie est venue à pied, elle a traversé Paris, casque sur les oreilles, noyée dans la musique. Martial se déplace en trottinette électrique, il a gardé son gilet orange fluo.

– Très élégant ton nouveau look.

Martial fronce le nez en soupirant.

– Diwenza a peur que je me fasse renverser.

Un serveur s'approche de leur table.

– Un café serré s'il vous plaît, dit Noémie.

– Un jus de tomates, choisit Martial en retirant son gilet fluo.

– Un kir, commande Arthur.

– À quatre heures de l'après-midi ? s'étonne Noémie.

– Il n'y a pas d'heure pour les braves. J'ai rencart avec le doyen de la fac après. Il a connu Tadig et il était sur les bancs de la fac avec mon père, ça promet ! C'est Diwenza, la quatrième personne dans ma voiture ? Tu veux officialiser votre relation devant la famille, Martial ?

– Il y aura forcément un hôtel dans le coin, je lui prendrai une chambre pour vendredi et samedi soirs. Dimanche elle sera mon cadeau dans le bocal d'anniversaire.

– Quel est le rapport entre Diwenza et Mammig ?

– Elle nous a raconté un milliard de fois que le jour où elle a rencontré Tadig, il s'est approché d'elle et lui a balancé : « Vous êtes la femme de ma vie. » Elle l'a pris pour un dingue, mais la suite de l'histoire montre qu'il avait raison.

– Et ?

– J'ai dit la même chose à Diwenza la première fois que je l'ai vue. Mammig appréciera. En plus il y a une cerise sur le gâteau d'anniversaire. On va vous étonner.

– Diwenza est un garçon ?

– Diwenza est transgenre ?

– Non-binaire ?

– Moi aussi je sais ménager mes surprises, répond Martial. Parlons plutôt de vous. Puisque tu t'intéresses à la chirurgie cardiaque, pourquoi tu ne fais pas médecine, Noémie ?

– Parce que les médecins perdent forcément à la fin, sinon ils auraient sauvé ma mère. Moi, je veux gagner à tous les coups. Les enfants que l'association rapatrie repartent réparés dans leurs familles, on transforme leur vie. Et les ateliers d'écriture que j'anime pour nos bénévoles leur permettent d'extirper leurs bézoards enfouis.

– Leurs baise quoi ? C'est sexuel ?

Elle pouffe.

– Un bézoard, c'est un corps étranger non digéré par les estomacs des ruminants ou des humains, ça ressemble à une pierre ronde en forme d'œuf. On en trouvait autrefois dans les cabinets de curiosité, cerclés d'or, on croyait qu'ils servaient d'antidotes aux poisons.

– Jamais entendu parler, dit Arthur.

– Faut sortir un peu ! Il y en a dans *Le Portrait de Dorian Gray*, dans *Grey's Anatomy* et dans *Harry Potter*, Harry s'en sert pour sauver Ron dans *La Coupe de feu*.

– Et tes copains de l'association ont des bézoards dans l'estomac ? demande Arthur.

– Ils ont des larmes enchâssées profond, écrire les fait jaillir à la lumière.

Elle n'a pas connu ses parents, son histoire est tronquée, elle aide les autres à cracher la leur.

– Ils arrivent timides, pudiques, discrets, de tous les âges et de tous les milieux, et soudain leurs mots rugissent, c'est extraordinaire. Mais assez parlé de moi ! Tu as été interne au Samu de Paris, aux urgences, puis en réanimation, Arthur. Tu iras où après ?

– C'est ce que je vais voir avec le doyen tout à l'heure.

Arthur, blond, petit et rond, est un gourmand. Martial, plus jeune d'un an, est un échalas brun longiligne. Noémie a cinq ans d'écart avec Arthur, de longs cheveux blonds, une silhouette mince malgré son appétit, d'incroyables yeux clairs. Ils forment un trio soudé.

– J'ai une histoire drôle à vous raconter, commence Martial. Deux amis qui ne se sont pas vus depuis longtemps se rencontrent. L'un dit à l'autre : « Ah, je suis content de te voir ! Alors dis-moi, en deux mots, comment ça va ? » L'autre lui répond : « Bien. » Le premier insiste : « Non, je t'ai dit, en deux mots. » L'autre répond : « Pas bien. »

Ses cousins éclatent de rire.

– Alors, en deux mots, comment ça va ? questionne Martial.

– Moyen faible, répond Arthur.

– Pas terrible, répond Noémie.

Le corps contracté, Pierre pousse la porte de L'Incroyable agence. Le rêve a si peu duré. Kevin, qui lui a déjà ôté ses illusions au téléphone, en remet une couche de sa voix crispante :

– J'ai transmis votre offre à M. Connor, mais il n'est pas intéressé. La maison lui plaît.

– Au moins il a bon goût, cet imbécile, rétorque Pierre, amer. C'est un bobo qui se paie une île pour poster des conneries sur Instagram ?

– Je peux vous trouver un bien semblable sur une autre île du Ponant si vous me donnez un mandat ? Notre correspondant est très efficace, vous seriez surpris du nombre de maisons époustouflantes dont il a l'exclusivité avant qu'elles soient sur le marché.

– Je voulais Ker Joie. Aucune autre. Vous avez préparé mon contrat pour la location ? Attention, ne me faites pas faux bond !

La phrase est prononcée sur un ton menaçant. Kevin rassure son client :

– Les vendeurs nous ont donné leur aval, la société qui meublera la maison va vous mailer un questionnaire. Vous pourriez leur envoyer des photos du mobilier quand vous l'habitiez ? Qu'ils aient une idée du décor à reproduire ?

– J'ai seulement des photos de l'extérieur. C'était une maison de famille classique, avec des meubles de marine anciens. Neuf couchages en tout, nous sommes d'accord ?

– Vous serez satisfaits. Linge de toilette et de lit, vaisselle et verres, cuisine équipée avec frigo et cafetière électrique, et le petit-déjeuner du premier matin : café, thé, pain, beurre, lait, céréales, confitures, jus de fruits.

– Beurre salé évidemment, précise Pierre. Et des jeux de société, Monopoly, Scrabble, une piste de dés, un échiquier. Et du bois pour faire du feu dans la cheminée.

– Si vous réglez le ramonage, dit Kevin par réflexe.

– Vu le prix de la location, nous pouvons décemment convenir que la prestation est comprise, riposte Pierre. Et tant que vous y êtes, nous aurons besoin d'un grand bocal de verre transparent.

– Avec un poisson rouge dedans ?

– Vide.

– Pour faire une sangria ?

– Non.

Kevin note. Ce docteur Saint-Jarme est un homme bizarre, mais le deal vaut le coup. Si son client veut des tasses à pois, des draps pailletés ou un gnou empaillé, il les lui fournira.

– Je précise qu'il faudra un gâteau d'anniversaire ?

– Non, on s'en chargera, ma mère est une bonne cuisinière. Vous pouvez prévoir des ustensiles de pâtisserie, genre moule, cuillère en bois et verre doseur ?

Kevin écrit « de quoi faire un gâteau ».

– Et du champagne au frais pour notre arrivée. Du Mercier rosé, son préféré. Avec des biscuits de Reims pour tremper dedans.

– Des quoi ?

– Comme dans le tiramisu, dit Pierre, agacé.

– Ah, des biscuits à la cuillère.

Ce type est un idiot, pense Pierre. Ce type a un grain, songe Kevin. Ils se quittent avec chacun un sourire collé sous le nez.

Clarisse rassure son mari, l'agent immobilier organisera tout à la perfection.

– Dès qu'on parle d'argent, ce type ressemble au loup aux yeux exorbités de Tex Avery. C'est un pro. Tu lui as demandé le bocal pour le cadeau ?

– Oui. Tu as réfléchi à ce que tu écriras sur ton papier ?

– J'ai mon idée.

De : Servane
À : La famille au complet
Objet : Le bocal

On utilise une seule sorte de papier
ou chacun est libre ?

De : Adeline
À : La famille au complet
Objet : Le bocal

De quel papier parles-tu, Servane ? Quel bocal ?

De : Pierre
À : Servane
Objet : Bravo pour la gaffe !

Mettre maman dans la boucle pour son anniversaire-surprise, bravo, c'est du grand art !!! Écris-lui que tu t'es plantée, que c'était un mail pro que tu nous as adressé par erreur.

De : Servane
À : La famille au complet
Objet : Le bocal

La famille, erreur d'aiguillage, je me suis trompée,
je vous ai envoyé un mail pro à l'intention
de mes collaborateurs, désolée !

De : Servane
À : Tout le monde
Objet : Ma gaffe

Navrée, je suis allée trop vite mais j'ai rattrapé le coup. Donc, on écrit tous sur le même papier pour le bocal ou on s'en fiche ?

De : Noémie
À : Tout le monde
Objet : Liberté

On fait ce qu'on veut !

Adeline n'est pas dupe. Servane l'a incluse par erreur dans les destinataires de son mail et elle a failli faire capoter la surprise. Petite déjà, elle était la reine des gaffes.

– Des papiers et un bocal, ça t'évoque quoi ? demande-t-elle à Philippe, avec lequel elle dialogue toujours. Bocal à poisson rouge ? Bocal de bonbons ? Ils veulent me transformer en sirène ? Ou en mamie confitures ?

Les paroles de la chanson de Régine *Les P'tits Papiers* lui reviennent en mémoire, elle chantonne : « Laissez brûler les p'tits papiers, papiers de riz ou d'Arménie, qu'un soir ils puissent papier maïs, vous réchauffer. »

Le flot incessant des voitures ondule sous ses fenêtres, c'est encore pire depuis qu'on doit rouler à trente dans Paris. Elle s'énerve :

– J'ai hâte que ce fichu anniversaire soit passé. Aiguille-moi, donne-moi un indice, Philippe. De quel côté es-tu, à la fin ?

Seuls les klaxons lui répondent d'en bas.

Deux mois ont passé.

Des hommes ont envahi Ker Joie cette semaine, débarquant de la grande terre en face avec un camion rempli de meubles et de matériel. Les voisins ont cru que le nouveau propriétaire emménageait, ils ont cherché des indices pour savoir qui allait s'installer près d'eux, combien de personnes, quel âge, des enfants, des chiens.

Les radiateurs ont frissonné de plaisir en s'allumant, les parquets ont été cirés, les vitres faites, la cheminée ramonée, la pelouse tondue et le jardin nettoyé.

Demain soir, neuf personnes dormiront ici du sommeil du juste. Ker Joie a jadis contenu jusqu'à trente âmes, quand les jeunes transformaient le grenier en dortoir avec leurs sacs de couchage. Le frigo, une antiquité, ronronne. Il y a du beurre salé, des œufs, du Mercier rosé, des biscuits à la cuillère qui ne viennent pas de Reims mais de Bretagne, du lait, du vin blanc et de l'eau minérale. Un bouquet d'hortensias du jardin trône au milieu de la longue table qui a bourlingué sur un yacht. Des rideaux bleus tamisent la lumière. Un feu est préparé dans l'âtre, une boîte d'allumettes est posée à proximité. Robert et Jeanne ne reconnaîtraient pas leur maison.

Le décor est campé.

Les trois coups vont être frappés.

Les héros vont entrer en scène.

La maison attend, solide sur ses bases.

Tout peut arriver.

Doug est satisfait. Le dossier chez maître Maraton est quasi complet, les fonds sont à disposition. Vincent, à l'origine de cette aventure, a organisé une soirée au pub pour fêter ça avec quelques copains.

– L'automne prochain, je ferai escale chez toi avec mon voilier, clame-t-il.

– J'y compte bien.

– Redis-moi le nom de l'endroit ? demande quelqu'un.

– G.R.O.I.X.

– J'ai regardé sur Internet, dit Vincent. C'est un morceau du fond de l'océan qui s'est soulevé il y a plus de quatre cents millions d'années. L'île a été occupée par les Vikings, on y a trouvé une tombe, un drakkar et des armes, puis par les Allemands pendant la Seconde Guerre mondiale, il reste des bunkers. On l'appelle l'île aux fées ou l'île aux sorcières, tu vas peut-être en croiser sur les chemins côtiers ?

– C'est à toi que je dois la joie de posséder bientôt cette maison. Merci.

– La joie ? Mon pote l'imperturbable Doug Connor a dit la joie, je ne rêve pas ? Jamais je n'aurais cru ça possible ! C'est un coup des fées ! Ou des sorcières…

– L'avenir le dira, répond Doug.

À Paris, Adeline remplit sa valise sous l'œil attentif de sa petite-fille.

– Dans le doute, j'emporte aussi ce chandail. Pierre aurait quand même pu nous préciser si on va au soleil ou à la neige.

– Ajoute un maillot de bain, Mammig, on ne sait jamais. Oncle Pierre a précisé : « climat tempéré, prenez de quoi vous couvrir et vous découvrir ». Tu ne m'en veux pas de te laisser voyager avec lui et tante Clarisse ?

– Tu t'amuseras beaucoup plus avec tes cousins. Pierre voudra à tout prix me caser à la place du mort pour allonger mes jambes, et Clarisse qui a des jambes plus longues que les miennes sera furieuse. Si j'avais ton âge, je coifferais mon casque et j'écouterais de la musique pendant toute la route.

– Fais semblant de dormir ?

– Ce serait discourtois. Cherchons un prétexte pour tout annuler. Si tu simulais une crise d'appendicite ?

– Oncle Pierre téléphonerait à un copain chirurgien pour me charcuter rapido.

– Si je simulais un lumbago ?

– Il te louerait un fauteuil roulant.

– Si on restait bloquées dans l'ascenseur avec une bouteille de champagne, le Scrabble et des chips de légumes ?

– Il nous enverrait les pompiers. Fais-toi une raison, Mammig, ça va passer vite.

Adeline soupire, impossible d'y couper. Juste avant de fermer sa valise, elle attrape un fou blanc sur l'échiquier de Philippe et le glisse dans sa trousse de toilette.

– Plus on est de fous, plus on rit, souffle-t-elle à son mari.

Trois voitures se rangent devant chez Adeline en ce beau vendredi matin : la puissante Audi de Pierre, l'utilitaire Citroën de François, et la vieille Fiat 500 d'Arthur. Pierre insiste, il veut que sa mère s'asseye devant « pour allonger tes jambes », Clarisse ne moufte pas.

– Alors, on va où ? demande Servane à son frère. Tu nous la fais *Rendez-vous en Terre inconnue* ? Quelqu'un nous attend quelque part sur la planète ?

Adeline se fige soudain, la main crispée sur son cœur :

– Ne me dis pas que… Tu as retrouvé Paul ?

– Maman, non ! l'interrompt Pierre, bouleversé. On va t'entourer, jouer, rire, chanter, tu souffleras tes bougies. Et on sera bien. Tous ensemble.

Flottement et consternation dans la petite troupe. Noémie réagit la première :

– On est là, Mammig, fidèles au poste. Et on a du goût pour toi.

L'expression groisillonne permet à Adeline de se ressaisir.

– Pardon… C'était idiot…

Pierre enchaîne très vite :

– Si ça convient à tous, on se donne rendez-vous dans deux heures en un point précis, puis encore deux heures après ?

– Quatre heures de route, ça exclut le Bassin parisien, en déduit Arthur. On reste en France ou on passe une frontière ?

– On reste en France.

– Nord, Sud, Est, Ouest ?

– Ouest.

Servane pince les lèvres.

– Tu n'as pas eu la très mauvaise idée de louer en face de Groix ?

– Ce serait le supplice de Tantale.

– Dans l'île elle-même ?

Pierre sourit. Les trois cousins échangent un regard ravi, ils ont des bons souvenirs sur le caillou, mais Adeline et Servane ont pâli.

– Ça part d'un bon sentiment, admet Adeline, mais je ne me vois pas retourner ailleurs qu'à Ker Joie.

Toute la tendresse du monde passe dans le sourire de Pierre à sa mère.

– C'est là que nous allons, maman. Ker Joie est à nous pour trois jours. Nous serons chez nous !

Adeline vacille, envahie d'émotions contradictoires.

– Tu l'as louée au couple qui nous l'a achetée ?

– Tu es resté en contact avec eux ? s'étonne Servane.

– Ils l'ont revendue, je suis tombé sur l'annonce dans le journal. J'aurais voulu l'acheter, mais je suis arrivé trop tard, confesse Pierre.

– Racheter Ker Joie ? En la jouant cavalier seul ? s'exclame Servane, choquée.

Il s'attendait à des bravos. Sa mère, décontenancée, se tait et sa sœur secoue la tête.

– Nous pensions vous faire plaisir, intervient Clarisse, venant à sa rescousse.

– Qui voit Groix voit sa joie ! clame Arthur. Super idée, papa. La dernière fois que j'ai débarqué dans l'île j'avais quinze ans…

– C'est géant, oncle Pierre ! On prend quel bateau ? enchaîne Noémie.

– Celui de 16 h 30, dit Pierre. Je peux encore tout annuler si tu préfères, maman.

Les regards se tournent vers Adeline qui se sent comme un goéland malmené par la tempête. Elle bat de l'aile, se rétablit, les plumes trempées, les pattes glacées, puis atterrit sur la falaise en sécurité.

– C'est l'endroit entre tous où il était logique que nous allions, prétend-elle pour ne pas décevoir son fils.

Pierre se rassérène.

– Vraiment ?

Adeline rassemble son courage et se compose un visage heureux.

– Ce sera un bon jour : *demat*, mon fils.

– Bonjour en breton, se rappelle François.

– En breton, et en groisillon, corrige Servane.

– Oui, bon si tu veux, en patois de l'île.

– Ce n'est pas du patois mais un dialecte ! s'énerve Servane. Les mots sont inversés : *de mat* signifie « jour bon ».

– Je ne sais pas traduire en groisillon : « On va finir par rater le bateau » mais on ferait bien d'y aller maintenant, rappelle Arthur. Vous roulez à 130 sur l'autoroute, moi je ne dépasse pas le 100, sinon ma voiture part en morceaux.

Martial, qui s'était éloigné, revient dans le groupe.

– Donc finalement on se retrouve à Lorient à la gare maritime ?

– J'aimerais que tu fasses la route avec nous, Martial. Je ne t'ai pas vu depuis longtemps, on aurait le temps de bavarder, tente Servane.

– Impossible, on doit parler d'un truc, coupe Arthur. J'ai besoin de mon cousin.

– Désolé, maman, dit l'intéressé.

– Vous voulez me faire plaisir, Clarisse ? demande Adeline. Je préfère m'asseoir derrière et allonger mes jambes sur la banquette. Cela ne vous ennuie pas, j'espère ?

– Vous êtes la reine de la fête, s'empresse Clarisse soulagée.

Noémie aide sa grand-mère à s'installer, puis sort son casque et le branche d'autorité sur le portable d'Adeline.

– J'ai téléchargé dans ton téléphone une playlist perso exprès pour ce voyage. Il faut absolument que tu l'écoutes. Tu appuies sur l'icone rouge avec les notes de musique blanches, puis sur « anniv Mammig », c'est facile.

Les prunelles turquoise d'Adeline étincèlent de gratitude.

– Rendez-vous à Lorient, lance Servane en s'engouffrant dans la voiture.

François démarre le premier et s'insère dans la circulation. Pierre attend que son fils le suive, mais Arthur dégaine son portable.

– Je prends des nouvelles d'un patient, vas-y. On vous suit.

L'Audi de son père rugit, puis s'éloigne à son tour.

Martial envoie un texto à Diwenza : « Viens ! »

Deux minutes plus tard, une ravissante rousse aux yeux violets les rejoint, nettement plus âgée que Martial, et nettement enceinte.

– Tu es indéniablement la cerise sur le gâteau, s'écrie Noémie avec chaleur.

Martial et la nouvelle venue échangent un regard tendre.

Je suis tombé raide dingue d'elle, une chute vertigineuse, je n'ai rien pu faire.

Entre deux camions, la Fiat 500 brinquebale sur la voie des véhicules lents. Arthur conduit, Noémie est à sa droite, le couple se serre à l'arrière.

– Vous vous rappelez les vidéos que je vous ai envoyées quand je jouais du sax pendant le premier confinement ?

Martial avait acquis en quelques jours une notoriété sympathique en jouant de 19 h 30 à 20 heures, avant les applaudissements aux soignants, sur le petit balcon de son studio boulevard Saint-Germain. Il avait choisi le répertoire d'Ennio Morricone, intense et puissant. La première semaine, il y avait peu de voisins aux fenêtres, puis l'initiative a fait boule de neige, boule de joie.

– J'étais content parce que j'avais l'impression de faire quelque chose, de ne pas rester les bras ballants. C'était oppressant, ce silence dans le quartier latin si plein de vie d'habitude. On voyait des chats se balader, des fleurs et de l'herbe pousser entre les pavés. Un matin j'ai même vu des canards traverser au feu vert, à la queue leu leu, en se dandinant. Puis la vie a repris, on espérait tous que ce serait bientôt fini. Et bam, le second confinement nous est tombé dessus.

Le premier soir de l'acte II, à 19 heures, une femme de l'immeuble en face est sortie sur son balcon avec un micro et s'est mise à chanter d'une voix rauque, basse, envoûtante. Il la voyait mal, de loin, mais l'a photographiée avec son portable pour agrandir l'image. En vain, il y avait trop de pixels. Elle avait une prédilection pour le jazz. Les balcons se sont remplis une demi-heure plus tôt.

– C'est devenu un rendez-vous, une heure hors du temps, loin des nouvelles déprimantes de la télé et du décompte des morts. Tous les matins, j'appelais Mammig, elle me racontait ses voyages en 3D. Je bossais en télétravail la journée, seul dans mon studio. Le soir, j'écoutais l'inconnue d'en face pendant une demi-heure, puis je jouais pour réchauffer le cœur des hommes. Au bout d'une semaine, je me suis lancé et je lui ai proposé par balcon interposé de faire un concert improvisé à deux. Ça a matché d'enfer. On a fait des bœufs tous les soirs après ça. Et encore après, on a fait un enfant.

Il éclate d'un rire heureux.

– La première chanson qu'on a partagée, c'était *Fly Me to the Moon*. Le boulevard Saint-Germain était désert, tout était fermé, le Flore, les Deux Magots, le kiosque, les magasins. Il y avait juste un ado en bas, casque vissé aux oreilles, qui promenait en laisse un chat roux, je vous jure. J'ai balancé la ligne mélodique et Diwenza a suivi mon sillage. L'ado a retiré son casque, puis il s'est assis au bord du trottoir avec son animal. J'ai continué avec *Strangers in the Night*, puis par *Georgia on My Mind*, on n'a pas vu passer le temps. Diwenza s'est arrêtée à 20 heures. On a tous applaudi les soignants. Quelqu'un a pris un porte-voix et crié : « Vous aussi on vous applaudit, à demain ! »

– Notre histoire a commencé ainsi, poursuit Diwenza. On se répondait dans nos choix de chansons, par exemple je jouais *My Man* de Barbra Streisand.

– Et moi *My Girl* des Temptations, dit Martial.

– J'ai chanté *I Wouldn't Change the Man He Is* de Diana Ross.

– Et j'ai répliqué par *My Love* de Paul McCartney.

– Ensuite, tout est allé très vite. On s'est installés ensemble, on a chanté et joué sur le même balcon, j'ai découvert un répertoire nouveau, ça m'a éclaté ! ajoute Martial.

– Quatorze ans d'écart, ça fait un paquet de morceaux, plaisante Diwenza.

– Tu es un sale cachottier, commente Arthur. Nous aussi on aurait aimé voler jusqu'à la lune.

– Je viens de te réserver une chambre sur le port de Groix au Ty Mad, annonce Martial à Diwenza. C'est à deux pas de Ker Joie, je t'y rejoindrai. Tu veux bien battre des ailes pour mes cousins ?

Une voix ensorcelante entame *Fly Me to the Moon*, monte dans la petite voiture, rebondit sur les vitres, couvre les grincements de la carrosserie et la rumeur du moteur. Elle apaise les angoisses d'Arthur sur le point d'annoncer à son père une nouvelle qui le décevra ; elle libère le nœud qui se forme dans la gorge de Noémie lors des fêtes de famille où ses cousins ont leurs parents imparfaits mais vivants ; elle allège Martial qui va faire éclater sa double bombe dimanche.

– Allez, halte à la nostalgie, on va fêter un anniversaire ! s'écrie Martial. On a aussi une chanson remonte-moral, en duo.

– Ferrat ? vérifie Diwenza.

Il hoche la tête avec vigueur et se cogne contre la carrosserie, tant ils sont serrés à l'arrière de la petite voiture.

– Outch, j'aurais mieux fait de suivre ma mère dans l'Audi, dit-il en se frottant la tempe. *La Matinée* que nous allons vous interpréter était chantée par Jean Ferrat et sa compagne Christine Sèvres.

Diwenza entonne :

– « La matinée se lèèève, toi debout, il est temps. »

– « Attends encore, attends, j'ai pas fini mon rêêêve », lui répond Martial.

Ils continuent *a capella* en se relayant. Noémie frissonne, Arthur est plus hermétique. Puis ils finissent à l'unisson :

– « Le monde sera beau, je l'affirme et je siiigne. »

Noémie applaudit.

– Vous vous croyez au pays des Bisounours ? se moque Arthur.

– L'espoir est bon pour la santé, docteur, proteste Noémie. Regarde Mammig, elle non plus n'a pas fini son rêêêve.

L'utilitaire Citroën vibre. François fonce, pied au plancher, œil rivé au rétroviseur, ne supportant pas l'idée de voir Pierre le dépasser.

– Tu me fais penser à Louis de Funès dans *L'Homme orchestre*, quand il engueule les autres conducteurs sur la promenade des Anglais parce qu'il veut être le premier dans sa rue. Vous êtes ridicules, mon frère et toi, des gosses de maternelle, décrète Servane.

Les mains de François se crispent sur son volant.

– Pierre ne loupe jamais une occasion de me rabaisser, grogne-t-il. C'est insupportable.

– Tu es parano, il s'en fiche complètement. On n'existe pas pour lui.

– Encore mieux !

– Martial aurait quand même pu faire le trajet avec nous…

– Je comprends qu'il n'ait pas envie de passer six heures à entendre nos chamailleries.

– On ne se chamaille pas, on discute.

– Il nous écoute discuter depuis vingt-quatre ans, il a peut-être envie d'une pause, lui aussi.

Servane allume la radio sur *Rires et Chansons*, monte le volume, Florence Foresti vient à son secours. Nauséeuse depuis quelques jours, elle attrape son portable, écrit un mail rapide.

De : Servane

À : Docteur Boitouze

Objet : Question urgente

Désolée de vous déranger, docteur, j'ai un doute : comment savoir à quarante-huit ans si je suis ménopausée ou si je suis enceinte ?

L'Audi file sur la voie rapide. Clarisse repère la voiture de leur beau-frère.

– Tiens, c'est François là-bas. Je t'en prie, Pierre, attends qu'un camion le double et nous dissimule sinon il va en faire une maladie.

– Il est adulte, on n'en est plus à qui pisse le plus loin.

– Je te le demande, pour la tranquillité de ta sœur.

Pierre ronge son frein, contient son impatience, attend qu'un camion de déménagement double la Citroën, déboîte et s'échappe sans que l'autre le remarque.

– Tu as vu la limitation de vitesse ? Tu vas avoir une amende et perdre des points, lui signale Clarisse.

– Tu veux prendre le volant ?

Adeline se félicite de l'initiative de génie de sa petite-fille. Elle a lancé la playlist dès qu'ils ont rejoint l'autoroute.

La première chanson est *Le Chœur des esclaves* dans le *Nabucco* de Verdi. « *Va, pensiero, sull'ali dorate, va, ti posa sui clivi, sui colli.* » Va, pensée, sur tes ailes dorées, va, pose-toi sur les pentes, sur les collines. Elle s'échappe, rejoint Ker Joie à l'époque où Philippe était vivant, où leurs trois enfants étaient petits et espiègles. Derrière ses paupières closes, un pique-nique familial se déroule, ponctué par les cris de Servane poursuivie par Pierre qui la menace avec un crabe minuscule, pendant que Paul se baigne au large, déjà si loin d'eux. Elle oblige sa mémoire à rester concentrée sur ce moment de légèreté, elle sent le sable entre ses orteils, le sel sur sa peau, elle sort le lait Ribot de la glacière et distribue les sandwichs préparés avec amour. Elle appelle Paul qui ne l'entend pas, alors Philippe se met à l'eau et va le chercher dans un crawl impeccable.

– Ta mère t'appelle pour le déjeuner, on t'a dit de ne pas nager seul aussi loin du bord.

– Servane est trop petite, et Pierre a la frousse.

– Alors nage le long de la plage.

– C'est moins drôle, papa.

– Quand tu seras majeur tu feras ce que tu voudras, mais pour l'instant tu nous obéis. Fin de la discussion.

Ils fendent l'eau, parallèles, superbes, leurs corps bronzés luisants, deux dauphins batifolant dans l'océan. Adeline a beau se concentrer sur la beauté de ces instants, son esprit s'échappe, remue la vase, revient au présent, l'entraîne vers le fond. Paul, une fois majeur, a tracé droit vers le large, vers des rivages inaccessibles pour son père.

Pierre voit dans son rétro le visage de sa mère se contracter, et se retourne pour attirer son attention.

– Ça va, maman ?

Adeline, arrachée à ses pensées, retire son casque.

– Très bien. Pardon d'être dans ma bulle. Tu es toujours content de travailler dans ton dispensaire, tu ne regrettes pas le cabinet médical ?

– Pas une seconde. Je n'ai plus de paperasse à me coltiner, plus de local à louer, chauffer, éclairer, gérer, plus de secrétariat. Je suis libre comme l'air.

– Tes malades t'ont suivi ?

– Je ne les y ai pas encouragés, le confrère qui a repris le cabinet est un type bien. Nous avons d'autres patients au dispensaire.

– Tes malades ont dû être navrés de ton départ. C'est dur de changer de médecin, on lui voue une confiance aveugle avec les années.

Pierre, nerveux, agrippe son volant trop fort, la puissante Audi fait une embardée.

– Eh, doucement, lui murmure Clarisse.

Sa mère n'a pas su l'an dernier pour son burn-out, elle l'a vu accuser le coup, mais a mis cela sur le compte de la pandémie. Clarisse ne l'a pas prévenue quand il a été hospitalisé en psychiatrie. Pierre a ensuite présenté la vente du cabinet comme un choix personnel.

Il se concentre sur la route. La remarque de sa mère ne doit pas réveiller ses vieux démons.

Pierre considérait son métier comme un sacerdoce. Même si un médecin perd toujours face à la mort inéluctable, il offrait à ses patients du temps de paix, de rire et d'étreintes, qui valait tout l'or du monde. Et puis il y a eu ce jour l'année passée, à la fin du premier confinement. La journée avait mal commencé, avec une jeune patiente en rémission d'un cancer du sein. Elle n'avait pas fait ses contrôles de mammographie et d'échographie à temps, parce qu'elle craignait d'attraper le virus au cabinet de radiologie. Résultat, elle n'avait pas le Covid, mais une nouvelle masse suspecte à la palpation. Son visage avait changé en voyant l'expression de Pierre. Depuis le début de la pandémie, il se sentait indispensable, invulnérable, sur le pont H24, il aurait voulu que son père le voie dans cette situation exceptionnelle, à la fois épuisante et galvanisante. Mais il était confronté pour la première fois aux conséquences dramatiques sur les autres pathologies. Ils gagnaient d'un côté, perdaient de l'autre, comme les danaïdes avec leur tonneau percé.

Puis il y avait eu Marthe et Zacharie. Il les connaissait depuis trente ans : ils avaient été parmi ses tout premiers patients quand il avait ouvert son cabinet. À l'époque, Zacharie était boulanger et Marthe tenait la caisse. Ils marchaient main dans la main, avec de la farine sur leurs vêtements. Zacharie signait chaque miche, chaque baguette, en y appliquant son cachet perso : MZ, pas pour monsieur Zorro, mais pour Marthe et Zacharie.

Ils venaient toujours en consultation avec un pain en cadeau. Zacharie était diabétique, hypertendu, en surpoids. Marthe était filiforme, en excellente santé. Quand ils ont pris de l'âge, les choses se sont inversées. Zacharie a supprimé le sucre à cause de son diabète, le sel à cause de son hypertension, le gras à cause de son poids, il est devenu le plus vaillant des deux. Marthe s'est courbée, la colonne vertébrale en Z, elle a eu des troubles du rythme cardiaque, de l'arthrose, mais rosissait encore aux compliments de son homme. Ils se sont résolus à vendre la boulangerie. Zacharie a continué à faire le pain pour sa femme et leurs amis. Ils n'avaient pas eu d'enfants, ce n'était pas faute d'avoir essayé, mais après plusieurs grossesses extra-utérines, Marthe avait dû se faire enlever les trompes de Fallope. Ils allaient à présent gaiement sur leurs quatre-vingt-seize ans, cahin-caha, appuyés l'un sur l'autre. Ils n'avaient jamais eu la télé, continuaient à se lever au petit jour et à se coucher à l'heure où leurs contemporains s'installaient devant le poste et les jeux destinés aux seniors. Marthe riait parce que Pierre, avant de l'examiner et de l'ausculter, frottait ses mains et le pavillon de son stéthoscope. Elle disait : « On dirait que vous allez ranimer un oiseau transi, docteur P. Rien que de vous voir, ça me réchauffe! »

En cette fin d'après-midi où Pierre a palpé la masse suspecte et envoyé sa jeune patiente faire une biopsie d'urgence, Zacharie lui a téléphoné:

– Docteur P, Marthe m'inquiète. Elle a de la fièvre et du mal à respirer. J'ai peur.

Le sang de Pierre s'est figé. Il s'est précipité, avec gants et masque, mais le virus avait investi la maison avant lui. Les jours suivants ont été éprouvants. Zacharie, hagard, regardait son amoureuse mener un combat perdu d'avance. Jusqu'au soir fatidique.

– Elle ne me reconnaît plus, docteur. Elle va mourir, je ne suis pas stupide. Pourquoi vous refusez de l'hospitaliser? C'est à cause de ce foutu tri? Vous l'abandonnez! Jamais je n'aurais cru ça de vous!

– Vous ne comprenez pas, Zacharie.

À la télévision, à la radio, dans la presse, on rebattait les oreilles des gens de ce fameux « tri » qui envoyait les patients âgés à la mort. Pas assez de respirateurs, pas de place pour eux dans ce monde de jeunes actifs, une retraite de moins sur le dos des contribuables, allez, hop, bon pour la casse. Pourtant la réalité était autre: en réa, on curarisait les patients intubés, on les mettait en décubitus ventral, couchés sur le ventre, et ils y restaient longtemps. C'était trop lourd pour les patients âgés, leurs organismes ne le supportaient pas. On ne met pas une antique 2 CV en lice avec des Formule 1 sur un circuit, la voiture ne tiendrait pas le choc.

Malgré la tendresse de Zacharie et le traitement prescrit par Pierre, l'état de Marthe s'est aggravé.

– Si vous ne l'envoyez pas en réanimation, je vais la perdre et vous aurez sa mort sur la conscience, docteur.

Pierre a passé une quarantaine de coups de fil, argumenté, supplié un copain de fac patron de réa, mais toutes les portes se sont fermées devant lui.

– Elle a quatre-vingt-quinze ans, mon vieux, je ne peux pas.

– Donc on la laisse crever ? On n'a pas fait médecine pour ça !

– Au moins, elle ne sera pas seule à l'hosto, elle mourra avec son mari.

– Et elle ne prendra pas la place et le respirateur d'un patient plus jeune !

– Pierre…

– Comment je peux expliquer à son mari que sa femme est une 2 CV bonne pour la casse ?

– Une 2 CV ?

Pierre a adouci les dernières heures de Marthe du mieux possible. Quand il a compris que c'était le moment, il n'a pas lâché Zacharie. Dans le coma, Marthe gaspait, cherchait l'air. Chaque fois, le visage de Zacharie se chiffonnait en rythme. Quand enfin elle a lâché la rampe, entamant son premier voyage seule depuis leur mariage, le regard clair de Zacharie est devenu d'un noir abyssal.

– Je ne vous raccompagne pas, docteur. Nous avions confiance en vous et vous nous avez trahis.

Pierre est sorti, la tête basse, les mains glacées. Il ne réchaufferait plus jamais Marthe. Sans avoir démérité, il n'avait pas soigné sa patiente comme il l'aurait fait hors pandémie. Il n'a pas dormi pendant quarante-huit heures, malgré les somnifères et les verres de vodka. Il se répétait en boucle la dernière injonction du serment d'Hippocrate : « Que les hommes et mes confrères m'accordent leur estime si je suis fidèle à mes promesses ; que je sois déshonoré et méprisé si j'y manque. »

C'est ensuite que ses cauchemars ont commencé.

Dans certains rêves, Marthe se noyait dans un lac gelé en appelant au secours, alors que Pierre empêchait Zacharie de la sauver. Ils se battaient, s'empoignaient, Zacharie hurlait, Pierre le maintenait. Il y avait des variantes, parfois Marthe s'enfonçait dans des sables mouvants, ou tombait dans une crevasse. Son homme voulait l'aider, Pierre le prenait à bras-le-corps.

Il a consulté un psy, une homéopathe, un acupuncteur, une hypnotiseuse, en vain. Fracassé, il courbait sous le joug de la punition divine, juste retour de flammes après l'accident d'autrefois à Groix.

Insomniaque, amaigri, les nerfs à vif, il est devenu l'ombre de lui-même. Clarisse l'a vu sombrer lentement. Quand il a appris que Zacharie avait rejoint Marthe – on l'a retrouvé allongé sur son lit, serrant une photo de sa femme –, Pierre a capitulé. La semaine suivante, il a mis en vente son cabinet. Un jeune confrère enthousiaste a pris sa suite. Vaincu, il a accepté d'être hospitalisé. Lui, le type brillant, fort et indépendant, aîné de sa fratrie et chef de famille, a rendu les armes.

Clarisse et Arthur n'ont pas eu la permission de lui rendre visite dans sa clinique psy les premiers temps. Au bout d'un mois, Clarisse a récupéré un mari sous traitement qui ne voulait plus exercer son métier. Il n'avait que cinquante-quatre ans et ne savait rien faire d'autre que soigner. Sitôt sorti, il a instauré une organisation quasi militaire pour protéger sa mère du virus, s'est engueulé avec son beau-frère qui faisait fi des couvre-feux et autres atteintes à la liberté et recevait illégalement des clients dans sa brasserie fermée. Il a commencé à tourner en rond, comme un lion en cage, encombré de sa carcasse, planté devant la télé du matin au soir.

– Les hôpitaux sont débordés, tu n'as plus de cabinet, tu pourrais au moins nous aider, papa? a suggéré Arthur qui enchaînait les nuits de garde à coup de litres de café.

Pierre revoyait le regard noir d'encre de Zacharie, et secouait la tête, impuissant.

Il a traversé la fin de l'année dans un brouillard médicamenteux, assommé mais donnant le change. Tout était prétexte à disputes. Par exemple, il ne comprenait pas le mal-être des jeunes. Ils respiraient, ils avaient un toit sur la tête et de la nourriture dans leur assiette, ils assistaient aux cours par vidéo mais c'était provisoire, ils correspondaient à longueur de journée avec leurs amis grâce à leur foutu téléphone, et ils osaient se plaindre?

– Ils n'ont pas d'avenir, pas de projets, ils vivent comme des zombies ou des moines, a expliqué Clarisse.

– Les moines ne bouffent pas de plats à emporter, ne boivent pas de shots, ne fument pas du cannabis, ne jouent pas aux jeux vidéo, ne font pas des apéros défendus, ne trichent pas sur leurs attestations!

Clarisse faisait les courses pour leurs voisins âgés et assistait au naufrage de son mari. Ils s'évitaient. Elle sortait, épaulait, soutenait. Pierre s'oubliait devant Netflix.

Ils ont passé Noël, puis le 31 décembre en tête à tête, dégustant sans joie huîtres et saumon fumé. Clarisse s'est faite belle, Pierre traînait la savate en jogging et sweat-shirt. Le champagne, seul, les a maquillés de fête. Arthur était de garde.

– À nous, et qu'on dégomme cette saloperie! a clamé Pierre, ivre.

– À nous, et que je récupère mon mec, a supplié Clarissc.

Et puis la campagne de vaccination a commencé. On a demandé à Pierre d'en être. Il a décliné:

– Je suis en arrêt maladie.

– On a besoin de toutes les forces vives, c'est comme l'effort de guerre, vous faites partie de la réserve sanitaire.

C'est là, au centre de vaccination municipal – un gymnase qui sentait le gel hydro-alcoolique au lieu des pieds et de la sueur –, qu'il est miraculeusement redevenu le docteur P., que le rouage grippé dans son cerveau s'est débloqué.

Il a ressorti son stétho, son tensiomètre, son stylo, sa carte professionnelle numérique. Il a retrouvé une raison de se réveiller le matin, de s'habiller et de se rendre là où il était nécessaire. Retrouvé aussi la peur de se tromper, parce que, en ayant peur, on devient meilleur. Les hommes et les femmes impatients d'être immunisés qui entraient dans son box lui étaient reconnaissants. Il s'est battu à mains nues et à visage masqué contre la camarde, et ça l'a remis d'aplomb plus que les gélules et les comprimés du psychiatre. Il n'avait pas de patients au sens strict du terme, c'étaient simplement des humains qui, en lui faisant confiance, restauraient la sienne.

– Vous êtes certain qu'ils ne nous injectent pas des micro-puces pour nous surveiller, docteur ?

– Je veux recevoir le vaccin dans le bras droit, j'ai trop peur qu'à gauche l'aiguille traverse mon bras et se plante dans mon cœur.

– Vous l'avez eue, vous, la piqûre ?

– Il paraît que ça rend stérile, c'est vrai ?

– Et si c'était un complot mondial pour éradiquer la moitié de la planète, on aurait l'air bien cons quand même, non ?

Il a rassuré, souri, plaisanté. Dans la première version du questionnaire d'éligibilité – un nouveau mot moche qu'il avait du mal à prononcer sans le savonner – les patients devaient mettre une croix dans la colonne « oui » ou « non » devant : « Avez-vous une cirrhose ? » « Pas encore » ont répondu des rigolos. Il y avait aussi : « Prenez-vous des immunosuppresseurs ? » Pierre s'est étonné du nombre de croix dans la colonne « oui ».

– On vous a prescrit quel traitement ?

– Du Prozac.

– Mais ça ce sont des antidépresseurs, pas des immunosuppresseurs.

– Qu'est-ce que j'en sais, moi, c'est vous le docteur !

Remarquant qu'une dame prenait un médicament hypotenseur, il a vérifié :

– Vous êtes hypertendue ?

– Oh non docteur, moi je suis hyper cool.

Il a demandé à un monsieur de cent ans, venant pour son second vaccin :

– Comment s'est passée votre première injection ?

– L'infirmière avait des yeux magnifiques !

Oui, au centre de vaccination, Pierre s'est senti renaître. Vu son état et son âge, Marthe n'aurait pas résisté à une intubation prolongée et serait morte loin de son Zacharie, dans des souffrances et un acharnement inutiles. Il a compris qu'il n'était pas responsable de sa mort, s'est démené pour protéger les autres. En les vaccinant, il a sauvé plein de Marthe et de Zacharie et sa vie a retrouvé un sens. *Ordo ab chao*, l'ordre surgi du chaos, il a rassemblé ses morceaux épars, il s'est recollé. Même s'il y avait désormais en lui quelque chose de rompu.

Quelques mois plus tard, un confrère du centre de vaccination lui a parlé d'un dispensaire qui manquait de médecins pour des vacations. Il s'est remis en selle et engagé pour cinq matinées par semaine.

Le premier matin, une femme l'a consulté pour maux de ventre, étourdissements et fatigue, en précisant qu'elle avait mangé des huîtres la veille. On lui avait déjà enlevé l'appendice, il allait s'orienter vers un diagnostic d'intoxication alimentaire. Et puis il a repensé à Marthe, à ses récidives de GEU, des grossesses développées en dehors de la cavité utérine. Il s'est méfié, est passé outre les protestations de sa patiente qui jurait ses grands dieux qu'elle ne pouvait pas être enceinte. Il a lancé la grosse artillerie. Et évité une hémorragie cataclysmique, parce qu'elle avait bien une GEU. En lui sauvant la vie, il a sauvé la sienne.

Tandis que l'Audi file vers la Bretagne, Clarisse arrache brusquement Pierre à ses souvenirs.

– On peut s'arrêter ? J'irais bien là où le roi va tout seul.

– Le roi n'y allait pas tout seul, au contraire. Louis XIV s'installait sur sa chaise percée, sa cour et ses ministres assistaient à la chose, et son chirurgien avait le privilège de se pencher avec passion sur le résultat.

– Beurk ! grimace Clarisse.

Derrière eux, Adeline, les yeux clos, écoute Anne Sylvestre et chantonne sans imaginer qu'ils l'entendent :

– « J'aime les gens qui doutent, mais voudraient qu'on leur foute, la paix de temps en temps. »

– C'est un message, tu crois ? marmonne Clarisse.

– Mais non, mon amour.

Il sourit dans le rétroviseur à sa mère qui ne le voit pas.

– « Merci pour la tendresse, et tant pis pour vos fesses, qui ont fait ce qu'elles ont pu », poursuit Adeline.

– Ce week-end sera mémorable, promet Pierre à sa femme.

La famille au complet se retrouve à la gare maritime de Lorient. Pierre a confié sa voiture au parking privé payant. François a déposé Servane, puis sillonné les rues pour garer son utilitaire gratuitement. Arthur a laissé sa Fiat dans une rue adjacente à l'hôpital avec son caducée d'étudiant en médecine derrière le pare-brise, parfois ça marche.

Les bagages ressemblent à leurs possesseurs : Adeline a un élégant sac de voyage aux initiales de son mari, les jeunes ont des sacs à dos bariolés, les parents des valises à roulettes. Clarisse trimballe un plant de basilic comme le saint sacrement.

– Ils en ont à Groix, tu sais, maman ? se moque gentiment Arthur.

– Frais, tu es certain ? Parce qu'une salade sans basilic, c'est un café sans carré de chocolat.

Ils embarquent. Servane remarque une femme rousse aux yeux violets qui l'observe à la dérobée.

Le bateau corne en quittant Lorient. Les Saint-Jarme s'installent dans le salon intérieur avec les Groisillons, laissant les touristes s'émerveiller devant l'océan sur le pont supérieur. Mais Martial a envie d'en griller une, Arthur qui a arrêté vapote, Noémie a besoin d'air, alors ils sortent. Diwenza ne bouge pas, Martial et elle doivent se retrouver au Ty Mad tout à l'heure.

Les cousins reconnaissent le paysage de leur enfance quand le bateau longe le sémaphore, puis l'île Saint-Michel à bâbord. Bientôt, Groix surgira à l'horizon avec ses formes familières, l'hôtel rose, les feux rouge et vert d'entrée de port qui montent la garde, guetteurs silencieux.

– J'espère qu'ils n'ont pas démoli notre cabane de pirate, s'écrie Martial.

– Y a intérêt ! renchérit Noémie. Vous étiez vaches, je devais dire le mot de passe pour y entrer et vous le changiez exprès. Un été, je me rappelle, c'était « diabolo grenadine ». L'année suivante, je devais compter de un à dix en groisillon. Sinon je restais dehors.

– Tout ira bien, les rassure Arthur.

– Mes parents vont se séparer, déballe Martial tout à trac.

– Qu'est-ce qui te fait dire ça ? Ils ne s'entendent plus ?

– Si, c'est juste qu'à bien s'entendre ils sont devenus copains.

– Qui trompe l'autre ?

– Personne. Ils croient que ça va me traumatiser, mais je m'en fous. Ils s'engueulent et ne se réconcilient même plus sur l'oreiller. On dirait un vieux couple.

– C'est un super vieux couple, ils sont mariés depuis au moins vingt-cinq ans ! s'exclame Noémie.

Le Groisillon qui fume près d'eux et qui est marié depuis cinquante ans sourit dans sa barbe.

– Ça ne veut rien dire, regarde Mammig et Tadig ! Elle est restée avec lui quarante ans, continue à lui parler et à fleurir une tombe inconnue en sa mémoire. Et souvenez-vous le crève-cœur que ç'a été pour elle de vendre Ker Joie… Je n'imagine pas le bouleversement qu'elle va avoir en la revoyant.

Ker Joie… L'homme tressaille en entendant ce nom.

Yann examine attentivement les trois cousins, cherche une ressemblance.

– Vous êtes les petits-enfants d'Adeline Saint-Jarme ?

Ils acquiescent.

– Notre grand-mère a quatre-vingts ans ce week-end, on est venus pour l'occasion. La maison change de main, les anciens propriétaires nous l'ont louée trois jours.

– Donc vous allez dormir chez vous ?

Ils opinent, flattés par le possessif.

– Mammig est en bas, si vous voulez lui parler. Vous la connaissez ?

– Nous étions amis.

Une idée lui traverse l'esprit. Les jeunes ne sont pas les seuls à dégainer leurs portables à tout bout de champ. Lui aussi a pris cette habitude, pour partager les beautés de son île avec ses petits-enfants qui vivent loin.

– Je peux vous photographier ?

Les cousins prennent la pose en se rapprochant. Ils sont beaux, ardents, ils ont la vie devant eux.

Yann descend le petit escalier, entre dans le salon du bateau, balaie du regard les groupes, repère Adeline et ses enfants. Il est toujours aussi émerveillé par ses splendides yeux turquoise. Ses cheveux ont blanchi, elle est plus petite que dans son souvenir. Il se remémore la jeune fille intense que Philippe avait présentée à leur bande d'amis et qui avait pris son cœur en otage. Yann l'a aimée en secret. Il l'a même embrassée un soir de fest-noz après qu'elle s'est disputée avec son Philippe qui était rentré à Paris sur un coup de tête. Et puis un jour il a rencontré Annonciade, annonciatrice de jours meilleurs.

Ils ont ensuite souvent croisé Adeline et Philippe sur le bateau, au bourg ou dans les commerces. Yann a été aux premières loges la nuit de l'accident avec la petite touriste, il faisait partie des sauveteurs. Et ils étaient à l'église pour l'enterrement de Philippe. Il a été navré qu'elle vende Ker Joie après sa mort, ses enfants auraient dû empêcher ça.

Il se rapproche, hésitant. Il a le même âge qu'elle, lui aussi a célébré ses quatre-vingts ans cette année avec ses contemporains groisillons, c'était un bon moment.

Que peut-il lui dire ? Bon anniversaire ? Si elle était seule, il l'aborderait, mais ils sont quatre autour d'elle. Il retourne s'asseoir à l'autre bout du salon. À quoi bon remuer le passé ?

Soudain, les coins de sa bouche se relèvent au milieu de sa barbe. Il va lui faire un cadeau d'anniversaire original. Ce sera sa façon de l'embrasser à nouveau.

La dernière fois qu'elle est venue sur l'île, Noémie avait dix ans. Elle débarque la première et le passé l'enveloppe comme un caban. Des insulaires reconnaissent sa grand-mère, mais ne les dérangent pas. Les Groisillons sont pudiques et discrets. Adeline fronce les sourcils en découvrant la capitainerie de verre et d'acier érigée sur le môle central – tiens, c'est nouveau.

– Tu veux qu'on trouve une voiture pour te monter à la maison ? demande Pierre à sa mère.

– Pour toi peut-être, réagit Adeline. Moi, j'y vais à pied. Tu me prends pour une impotente ?

La famille avance le long du quai, note les changements, Chez Soaz est devenu Le Mojo. Ils passent devant Les Garçons du Port, puis l'hôtel Ty Mad, abordent la pente de la rue Francis-Stéphant, dépassent la gendarmerie, continuent leur grimpette. Adeline s'essouffle et accepte le bras d'Arthur. Noémie et Martial caracolent devant. Pierre, ému, marche deux pas devant Clarisse qui se demande dans quel guêpier ils se sont fourrés quand ils auraient pu se contenter d'emmener sa belle-mère dîner à Paris dans un restau étoilé. Servane peine, François la déleste de son sac.

Ils tournent à gauche sur la route de Pen Lann, retiennent leur respiration. Des maisons neuves ont poussé tels les bolets de Oui-Oui et de son copain Potiron. Les demeures anciennes résistent fièrement. Plus loin, sur la gauche, se dresse Ker Joie, enfin, Ker Robert, si l'on se fie au nom inscrit sur la boîte aux lettres et à la plaque scellée dans le pilier au bout du muret bas de pierres sèches.

– Ça lui va bien, ce nouveau nom, lance Servane.

Des regards indignés la fustigent, elle se hâte d'expliquer :

– C'est horrible, mais au moins pour nous le choc est moins rude. Ce n'est plus notre Ker Joie.

– Tu te trompes, dit Adeline. Les humains passent, ils changent les peintures, les fenêtres, plantent des fleurs, réparent les fuites, colmatent les brèches, modifient les noms, puis ils meurent et la ronde recommence. Les maisons nous survivent.

– Tu as la clef, Pierre ? s'inquiète François.

– Non, on l'avait perdue. Ça avait fait toute une histoire au moment de la vente, vous vous souvenez ? Quelqu'un envoyé par l'agence va venir nous ouvrir. Tenez, la voilà !

Une jeune femme sur un vélo électrique freine devant eux, souriante. Elle s'approche, un dossier à la main.

– Bonjour. Bienvenue à Ker Robert !

– Ne l'appelez pas comme ça, s'il vous plaît, dit Adeline.

La cycliste écarquille les yeux, décontenancée.

– Je vais vous faire visi…

– Cette maison a été construite par les ancêtres de mon mari, précise Adeline. Nous en connaissons chaque pierre. Vous êtes groisillonne ?

– Non, lorientaise, j'ai pris le même bateau que v…

– Merci, on va se débrouiller, l'interrompt Servane.

– Je dois faire l'état des lieux avec vous, insiste-t-elle, c'est le règlement, on doit tout no…

– Je m'en charge, coupe Noémie.

Elle entre la première, se mord la lèvre inférieure en découvrant le décor. Ailleurs, elle trouverait ça sympa, bleu et blanc, plus grec que Grek – on appelle aussi les Groisillons les Greks –, mais pas à Ker Joie.

– Ils ont fait du super boulot avec cet ameublement éphémère, admire la jeune femme.

Noémie, incapable d'acquiescer, se tait.

– Vous fêtez l'anniversaire de qui ?

– Ma grand-mère.

Elles parcourent les pièces au pas de charge. Noémie grimace devant les nouveaux papiers peints. Heureusement, le grenier, son sanctuaire d'enfance, sa fontaine de Jouvence, sa forêt de Paimpont, est tel que dans ses souvenirs. Elle respire en entrant dans l'ancienne salle de bains de sa grand-mère, la baignoire aux pieds de lion est toujours là.

– J'attire votre attention sur le lavabo qui est fendu.

– C'est moi qui ai laissé tomber un truc dessus autrefois, rigole Noémie. Le truc, c'était mon cousin Arthur… On se bagarrait.

– Vous veniez en vacances ? Pourquoi vous avez vendu ?

– Parce que mon grand-père est parti là où on va après, répond Noémie, utilisant l'euphémisme d'usage dans la famille.

– Il est allé où ?

– Rejoindre mon père. Ils se sont expatriés, c'est plus avantageux fiscalement. On a fini ?

– Signez là. Je reviendrai lundi matin, une heure avant le départ du bateau.

Le S de son patronyme part en volutes, s'expatrie, déménage.

Noémie rejoint sa famille dans le salon déguisé en résidence secondaire de magazine. La première chose qu'elle remarque, c'est le grand bocal sur la cheminée avec le poisson rouge dedans. L'homme de l'agence n'a rien compris. Adeline est assise sur un canapé d'un blanc immaculé qui n'aurait jamais supporté les poils ni les pattes boueuses d'Enez et Pen-Du.

– Montre-moi la nouvelle clef?

Noémie lui tend celle, brillante, sans grâce, que lui a confiée la jeune femme de l'agence. Adeline sort des profondeurs de son sac une vieille clef ouvragée.

– Oh, tu l'as retrouvée, maman ? s'étonne Pierre. On l'avait cherchée partout.

– Elle n'était pas perdue, avoue Adeline. Ces gens ne la méritaient pas. Ils achetaient les murs de Ker Joie, mais pas son âme, pas la clef que l'arrière-grand-père de ton père avait dessinée lui-même.

– Tu aurais pu me le dire !

– Tu m'aurais obligée à la leur donner.

– Il y a des papiers peints hideux à l'étage, je préfère vous prévenir, annonce Noémie.

– Je ne suis pas certain de le supporter, grogne Pierre.

– Bon, on s'installe où ? demande Arthur. Vous prenez tous vos anciennes chambres ?

Pierre et Servane se concertent du regard. Clarisse cherche du secours chez François, l'autre pièce rapportée.

– J'échangerais bien avec la vôtre pour ne pas rechausser nos vieilles pantoufles, lui propose-t-elle.

– Ça me va, acquiesce François sans demander l'avis de Servane.

– Mammig dormira dans sa chambre, et nous trois au grenier comme autrefois, décide Noémie. Pas d'objection ?

– C'est une drôle d'idée, un poisson rouge sur une île de pêcheurs. Ils sont étranges ces gens, dit Adeline.

Ils ne lui ont pas dit qu'elle évolue dans un décor, qu'ils jouent tous pour elle une pièce de théâtre.

Adeline retire ses chaussures et marche pieds nus dans son ancienne chambre. Ses orteils autrefois vernis roses – à présent naturels, elle ne met plus que du rouge à lèvres et un soupçon de poudre sur le nez – retrouvent le contact familier du sol. Encore heureux qu'ils n'aient pas eu l'idée saugrenue de mettre de la moquette. Elle a gardé la vieille clef dans sa main fermée.

Le souvenir de son Philippe emplit la pièce, apaisant. Elle se revoit, jeune, tendant les deux bras vers lui, poings serrés, et lui ordonnant :

– Choisis !

Il a hésité, désigné sa main droite.

– Celle-là !

Elle a déplié lentement les doigts, dévoilé une clef plate sur sa paume.

– Elle ouvre quelle porte ?

– C'est la clef de mon cœur. Plus prosaïquement, celle de mon appartement.

– Et si j'avais choisi l'autre ?

Elle a ouvert le second poing, où brillait une autre clef :

– Je l'ai faite en double, tu ne pouvais pas te tromper.

Un petit garçon jamais né et un mariage plus tard, il lui a rendu la pareille avec le même geste.

– Choisis !

– La gauche ?

Il a ouvert les doigts, révélant la vieille clef toute en volutes.

– La clef des songes, celle de Ker Joie.

Et des années après, elle lui a dit une nuit avec fougue :

– J'aime cette maison presque autant que nos enfants. Ils nous quitteront, ils prendront leur vol, mais Ker Joie nous sera toujours fidèle.

Quand Philippe a pris la clef des champs, Adeline a cessé d'écouter l'album de Jean Ferrat *Aimer à perdre la raison*, celui avec la chanson *À l'adresse du bonheur*. Elle a glissé le double de la clef dans la poche du costume de son dernier voyage, juste avant qu'on ferme le cercueil. Au cas où il lui prenne l'envie de revenir dans l'île en korrigan des bois, en lutin du petit peuple, en poulpiquet, en boudiguet, en créature de l'au-delà. Philippe ne restait jamais en place, elle ne peut l'imaginer immobile, même mort. Il y a forcément un paradis spécial pour les hyperactifs.

Yann a remonté des araignées de mer dans son filet, trop pour Annonciade et lui. Il en fait profiter ses voisins, dont la nouvelle correspondante de *Ouest-France*. Il s'arrête devant chez elle en promenant son épagneul breton Bleizou, commente la météo, discute du ramassage sélectif des poubelles, de l'heure à laquelle les réverbères du village s'allument, d'une réunion à venir à la salle des fêtes, du jour où on finira *porkere* par avoir la fibre dans l'île. Puis il annonce :

– J'ai fêté mes quatre-vingts ans cette année. Tu te souviens ?

– Bien sûr, au Bao avec les Groisillons de ta classe d'âge, j'avais fait une photo pour le journal.

– Une amie manquait à l'appel, je viens de la rencontrer sur le bateau. Son mari, médecin, était dans l'équipage du canot, comme ses ancêtres avant lui, et leur fils après lui. Les Saint-Jarme n'étaient pas Groisillons et résidaient à Paris, mais ils ne profitaient pas du caillou sans rien apporter en retour. Ils faisaient partie du paysage. Tu veux me faire plaisir ?

– Si je peux.

Il rentre chez lui et pousse sa porte en marmonnant : *Dé ha blé mat d'ït* Adeline, bon anniversaire Adeline.

Martial a rejoint Diwenza dans sa chambre au Ty Mad.

– J'ai observé ta famille dans le salon du bateau. Ta grand-mère a un regard malicieux, mais ta mère a l'air triste. Elle pense que tu as une femme dans ta vie et que c'est du sérieux, contrairement aux millions d'autres qui l'ont précédée.

– Milliards, tu veux dire ? plaisante Martial en l'enlaçant. Tu m'as manqué. Tu as demandé une seconde clef pour moi ?

– Je descendrai te chercher.

– On se complique la vie, mais je préfère attendre dimanche pour les présentations officielles.

– C'est excitant, ça met du piment dans le week-end ! renchérit Diwenza.

– Pas du piment, du *Kari Gosse*. C'est un curry breton inventé par un pharmacien de Lorient, ça déchire. Tu la trouves comment mon île d'enfance ?

– Elle me donne envie de chanter.

Pierre et Servane ont été conçus à Ker Joie. Paul non, c'était au cours d'un voyage à Venise, une folie de Philippe. C'est pour ça qu'il a toujours été spécial, pense Adeline. Elle s'assied sur le bord du lit choisi par l'agence, éprouve la souplesse du matelas. Le sommier est moins haut, du coup la vue sur le port par la fenêtre est tronquée.

– J'ai quatre-vingts ans, *pewar ugent blé*, dit-elle à Philippe, tu te rends compte ? Ça me semble incroyable. Je vais peut-être congédier la mort comme Mathusalem ?

Elle plonge dans le sac de voyage de son mari, en sort un cahier à la couverture défraîchie, aux pages jaunies serrées par un élastique rouge. Son livre de recettes, rédigé à la main de sa grande écriture penchée. On forme ses lettres autrement maintenant, Noémie gribouille des pattes de mouche, Martial n'envoie que des textos. Adeline caresse son cahier du plat de la main, comme elle caressait autrefois les chiens Enez et Pen-Du dont les noms signifiaient île et tête noire.

– Je vais te donner à une personne de confiance, annonce-t-elle.

Elle sort de sa trousse de toilette la pièce du jeu d'échecs qu'elle a apportée de Paris et la pose sur sa table de nuit.

– Bon retour dans cette maison de fous, dit-elle à Philippe en souriant.

Elle descend rejoindre sa famille, emprunte cet escalier qu'elle connaît intimement. Elle l'a dévalé ivre de joie en robe de mariée, elle l'a emprunté durant ses grossesses, monté avec ses bébés dans les bras. Elle l'a gravi, visage figé, sanglotant intérieurement, le soir de l'enterrement de son mari. Elle a dit adieu à la maison, elle a survécu. Et la revoilà chez elle, de passage dans son ancien royaume telle une reine répudiée.

Les siens l'attendent dans le salon, sur des fauteuils moches qui ne parviennent pas à ôter sa noblesse à la pièce. De peur de se raviser, elle trace droit vers sa belle-fille.

– J'ai un cadeau pour toi, Clarisse.

La femme de Pierre hausse les sourcils.

– Tiens, dit Adeline en posant trop vite le cahier sur la table, ce qui rend son geste un peu agressif.

Clarisse a un hoquet de stupeur, ses joues s'empourprent.

– C'est… ? Vraiment ?

Tous retiennent leur souffle. Ils ont reconnu l'objet mythique.

– Tu es certaine que…

– Il te revient en tant que maîtresse de maison de Ker Joie ce week-end.

Clarisse est abasourdie. Servane fulmine.

– J'en profiterai pour le photocopier, lance-t-elle.

– Il n'en est pas question, proteste Adeline. Ce ne serait plus un cadeau.

Servane, vexée, désigne Noémie qui n'a rien demandé.

– Je parie que pour elle, tu accepteras ?

– Servane adore votre cuisine, Mammig, intervient François, volant au secours de sa femme.

– Ce cahier te revient, Clarisse, répète Adeline. N'aie pas peur, ne fais pas les choses à moitié, mets tout le beurre, tout le sucre, sans retenue.

Servane pince les lèvres.

– C'est n'importe quoi. Elle n'est pas chez elle, Pierre a juste loué la maison pour trois jours.

– Et nous on paye les courses, rappelle François.

– Tu le récupéreras en repartant, maman ? insiste Servane, butée.

– Arrête un peu Servane et lâche l'affaire, suggère Pierre.

– Tu le transmettras un jour à Arthur, dit Adeline à Clarisse.

– Tu me feras le sublime soufflé de maman, se réjouit Pierre.

– Moi j'adorais tes pets-de-nonne, maugrée Servane telle une enfant boudeuse.

Adeline feuillette son cahier, s'arrête sur une page.

– Tiens, prends-la en photo.

Servane hésite, mais sa gourmandise l'emporte. Elle enregistre la recette des pets-de-nonne sur son portable, immortalise l'écriture familière démodée. En catimini, elle triche et photographie aussi la recette de la mayonnaise au chocolat.

– Merci maman, souffle Pierre, débordant de gratitude.

Clarisse n'est pas certaine de partager son émotion. Si elle rate les recettes, sa belle-mère ne la ratera pas.

Les trois cousins observent la scène avec étonnement. À quoi bon tout ce cirque, quand Internet regorge de milliers de recettes par les plus grands chefs de la planète ?

Servane écume.

– Tu ne comprends pas, dit-elle à Martial dans le jardin. Ces recettes sont transmises de mère en fille depuis des générations. Maman vient de me signifier qu'elle préfère la femme de Pierre, c'est un camouflet.

– Un quoi ?

– Une gifle. Une baffe.

– Pourquoi tu prends toujours tout mal ? Mammig remercie tante Clarisse pour ce week-end, ça n'a rien à voir avec toi.

– Mais c'est moi, sa fille, pas Clarisse !

– Personne n'en doute.

– Ce livre était censé me revenir.

Martial soupire.

– Tu passes ton temps à demander des recettes diététiques à ton enceinte connectée, qu'est-ce que tu en as à foutre de plats avec des kilos de beurre et de sucre ?

– Question de principe. Je ne m'y attendais pas.

– On ne s'attend jamais à ce qui vous tombe dessus, en bien ou en mal. Noémie devrait avoir ses deux parents. Papa aurait dû garder son restau. Tu préférerais avoir un fils comme Arthur.

– Qu'est-ce que tu racontes ? Arthur fait de brillantes études, mais toi tu mets le clignotant du côté de la joie.

– Je suis un raté sympathique, c'est ça ?

– Un bel humain, corrige Servane. Quoi que tu fasses, je suis fière de toi.

– On prend les paris ?

Martial ouvre la bouche pour ébranler sa certitude, mais son père les rejoint.

– Pas de messes basses sans curé, comme dit ta mère. Qu'est-ce que vous fricotez tous les deux ?

– J'ai le droit de bavarder avec mon fils, rétorque Servane.

– On vous attend pour l'apéro. Et oublie cette stupide histoire de livre de recettes. J'ai hâte de goûter tes pets-de-nonne.

– Je vous laisse, dit Martial en s'éloignant.

– J'espère que tu ne lui as pas annoncé notre séparation ? vérifie François. On s'était mis d'accord, on lui dira ensemble.

– Je te l'ai promis.

– Il ne s'y attend pas.

– On ne s'attend jamais à ce qui vous tombe dessus, en bien ou en mal. Retournons dans la fosse aux lions.

Le dernier bateau, trait d'union avec la grande terre, a quitté l'île pour Lorient. Sa corne de brume a signé le début de la tranquillité, quand le caillou se pelotonne sur lui-même tel un chat devant la cheminée, que l'agitation retombe, qu'on reste entre soi.

– Il y a tout ce qu'il faut pour un super apéro dînatoire, claironne Clarisse.

L'éventail des boissons est large : champagne, bière de Groix, vin blanc, Apérol pour les spritz, Breizh Cola. On s'installe dans le canapé, les fauteuils et les poufs. Pierre lève son verre et se prépare à faire un discours ampoulé, mais sa mère le coupe dans son élan.

– Il reste un verre sur le plateau, remarque-t-elle.

– Oui, celui de papa, dit Noémie.

Adeline secoue la tête.

– Paul et Philippe sont partis là où on va après, énonce-t-elle avec calme.

Stupeur générale. Elle les a habitués à une autre attitude.

– On n'en sait rien pour Paul, maman, s'empresse Pierre.

– Tant qu'on n'a pas de preuves…, bredouille Servane.

– Il n'est pas venu à l'enterrement de votre père et il n'est pas avec nous aujourd'hui. Ça me paraît des preuves suffisantes.

Noémie pose sa main sur le bras de sa grand-mère.

– S'il n'y a pas de décalage horaire avec là-haut, ils doivent être en train de prendre l'apéro, eux aussi, précise Adeline. La place que je gardais à table pour Paul était un pied de nez à l'Ankou, qui en Bretagne vient chercher les trépassés dans sa barque ou sa charrette. Paul croyait au Nirvana. Si, comme le pensent les bouddhistes, on se réincarne, il est peut-être revenu ici en oiseau limicole, en goéland ou en lapin. Aucun enfant ne devrait s'en aller avant ses parents, Philippe heureusement n'a pas été confronté à cette dislocation. Quand mon heure viendra, je les retrouverai et vous vous engueulerez ici-bas, c'est le lot des familles. Au moins vous n'aurez plus à vous disputer Ker Joie. Nous n'avons pas pu enterrer votre frère, nous n'avons pas eu ce réconfort. C'est à ça que servent les cérémonies, à allumer un radiateur pour faire fondre l'igloo qui nous glace le sang. Les condoléances et les larmes sont nos vestes polaires de haute montagne. Le temps est venu de le pleurer ensemble. J'ai téléphoné au recteur. La messe dimanche matin au bourg sera célébrée à la mémoire de Paul et de Philippe.

Pierre, livide, bredouille :

– Si je n'avais pas été un fieffé imbécile, mon frère serait avec nous.

– Tu n'y es pour rien si maman a eu une méningite, s'étonne Noémie.

– Ne tire pas la couverture à toi, Pierre, coupe Adeline. Le départ de Paul n'a rien à voir avec vos chamailleries de gosses. Depuis que le monde est monde, les frères s'affirment en s'opposant. Dimanche, la messe est à 11 heures, je vous veux au premier rang.

– Je ne crois plus en Dieu, précise Pierre. Je vous attendrai chez Bleu Thé, en face.

– Je tiendrai compagnie à papa, ajoute Arthur.

– Moi je viendrai, décide Martial.

– J'ai besoin de chacun de vous à mes côtés, décrète Adeline d'un ton sans réplique. Vous allez asseoir vos fesses une heure dans l'église où je me suis mariée et où vous m'enterrerez un jour. C'est trop demander ?

– On viendra, promet Servane.

Pierre prend une grande inspiration. Les mots ont du mal à sortir. Il commence d'une voix hachée :

– Puisque nous parlons de Paul, je tiens à vous parler de l'accident qui, par ricochet…

– Pas aujourd'hui, l'interrompt à nouveau sa mère.

Servane fait diversion en apportant un plateau avec un assortiment de petits pots : rillettes de thon, de langoustine, de sardine, de crabe, de maquereau, de homard et de Saint-Jacques, du pain, et huit couverts. Ils déballent aussi une andouille puante, et Clarisse sort du four deux cakes au tourteau qu'elle a faits réchauffer. Arthur brandit ce qui ressemble à un long bâton.

– J'ai trouvé ça place de l'église dans le magasin de tapas espagnols qui a remplacé la boutique d'électroménager. Ça va te plaire, Mammig. C'est un saucisson géant, un baston de Vic en Catalogne, il mesure carrément un mètre. Qui s'y colle pour le trancher ?

– J'ai mon Opinel, dit Pierre en l'exhibant, refusant d'utiliser les couteaux pour touristes achetés par l'agence.

Philippe en avait offert un à chacun de ses enfants pour leurs quinze ans, gravé à leurs initiales.

– Je suis heureuse que tu l'aies gardé, remarque Adeline.

– Il ne me quitte jamais.

– Moi aussi j'ai toujours le mien, se hâte de préciser Servane.

Ce soir, à Ker Joie, en regardant les Saint-Jarme prendre l'apéritif, on pourrait presque s'imaginer que rien n'a changé.

Les pots sont vides, la famille a fait un sort au mètre de saucisson et à l'andouille, il ne reste que des miettes de cake. Adeline prétexte l'émotion et la fatigue du voyage pour aller se coucher. Étendue sur son lit, elle fixe le plafond en écoutant les bruits du port par la fenêtre ouverte.

Ce n'est plus vraiment Ker Joie, seulement sa charpente, son armature. On ne pleure pas un squelette. Ce n'est pas non plus le vrai Philippe qui dort dans un cercueil au cimetière du bourg à quelques encablures. Elle a mis un certain temps avant de se rendre compte que Philippe a cessé de respirer dans son train à la date anniversaire à laquelle sa première grossesse a été interrompue. D'abord, la coïncidence l'a terrifiée. Plus tard, elle s'est convaincue qu'il y avait une sorte de paix, de pardon, dans cette concordance. Elle n'a pas perdu un enfant, mais deux, son premier bébé puis Paul, ils la bercent cette nuit dans la chère maison silencieuse.

Le reste de la famille se dirige vers le mythique Ty Beudeff en descendant la rue Stéphant, où adolescent Martial s'est pris un superbe gadin en skateboard. La petite troupe entre dans le bar à marins, les cousins fermant la marche. Pierre chasse de sa mémoire le rire moqueur de son frère, la silhouette de la jolie fille au prénom de fleur, sa rage en voyant qu'ils s'étaient sauvés en douce et l'avaient laissé en plan. Si seulement ils n'avaient pas rencontré Pivoine, si seulement ils s'étaient enivrés ailleurs, à la Pop's Tavern, à l'Auberge du Pêcheur ou au Triskell.

– Vous buvez quoi ?

Ils prennent tous une bière, sauf Servane – barbouillée depuis la traversée alors que la mer était plate – qui reste à l'eau pétillante.

Des Groisillons se poussent du coude, les Saint-Jarme ne passent pas inaperçus. Pierre est le portrait craché de son père, pousse le mimétisme jusqu'à parler comme lui. Servane sourit en écoutant son frère, les souvenirs affluent. Ils ne sont plus des adultes responsables, stressés, arrivés à la moitié de leur existence, ils ont de nouveau vingt ans et la vie devant eux. Autrefois, Pierre et Paul avaient deux ans d'écart, les mêmes amis insulaires avec lesquels ils faisaient les quatre cents coups. Servane était plus sauvage. Arthur, Martial et Noémie eux retrouvaient des fratries de résidents secondaires qui revenaient chaque année. Ce soir, tous reculent dans le temps, tirent le fil qui ramène à eux la bobine entière.

– Tu te sens mieux? demande Pierre à sa sœur. Tu avais le pied plus marin autrefois?

Ils sont côte à côte, séparés de leurs conjoints respectifs par la génération montante qui braille une chanson à boire. Elle se penche vers lui, murmure:

– Je passerai à la pharmacie demain, mais je sais déjà ce que le test confirmera, il y a des signes qui ne trompent pas.

– Le test PCR?

– Tu es médecin, non? Je suis vaseuse, je ne bois pas d'alcool et je suis une femme. Donc?

– À quarante-huit ans?

– Ce n'est pas si vieux, la preuve! s'offusque-t-elle.

– Je croyais qu'il y avait de l'eau dans le gaz entre toi et François? Vous remettez ça, les couches et les biberons?

– Chhhut, pas si fort, il n'est pas au courant. Je mettais ça sur le compte de la ménopause, mais il y a des signes qui ne trompent pas. Dimanche après la fête, on annoncera à la famille qu'on fait une pause. On va se séparer, et probablement avoir un enfant, les deux sont compatibles. C'est un merveilleux père.

Il sourit affectueusement à sa petite sœur.

– Maman laisse partir le fantôme de Paul et elle va être de nouveau grand-mère. Une mort pour une vie.

– François me colle en permanence. Tu pourras m'en débarrasser demain, le temps que je passe à la pharmacie ?

– Hé, le frère et la sœur, qu'est-ce que vous complotez ? demande François en se penchant par-dessus la table. J'ai fini ma bière, si on allait se balader dans la nuit bretonne ?

– Ça me va, approuve Servane.

– Je préfère me glisser dans les bras de Morphée, répond Clarisse en passant le bras sous celui de son mari.

Pierre et sa femme remontent la rue Stéphant, dépassent la gendarmerie, tournent à gauche.

– Qu'est-ce que ta sœur te racontait ? s'intéresse Clarisse.

– Secret professionnel.

– Elle est malade ?

– Je ne peux pas te répondre.

Il fronce soudain les sourcils.

– Toi, tu as bu de l'alcool ce soir, n'est-ce pas ? vérifie-t-il.

– En voilà une question, je te signale que j'ai bu moins que toi.

– Tu aurais pu faire un effort et me rattraper, dit-il, taquin et soulagé.

– Donc tu veux m'enivrer ?

Elle rit tout bas en poussant la porte de la maison.

– Tu te rappelles quand on rentrait au petit matin, nos chaussures à la main, et qu'on tombait sur ton père en train de boire son café ? Il était aussi gêné que nous.

– Je me souviens surtout du jour où je suis revenu de *jaille* avec Paul à l'heure où maman se réveillait. On était décalqués, on avait fumé et on voulait juste mettre le cap sur nos lits. Elle a cru qu'on se levait et nous a réquisitionnés pour tondre. J'étais si épuisé que j'ai décapité son rosier préféré.

Il désigne, dans l'obscurité, les hortensias à gauche.

– Nos rosiers étaient magnifiques. Ces andouilles ont planté des hortensias à la place pour faire couleur locale. Je parie qu'ils ont aussi acheté des casquettes et des vareuses de pêcheurs.

Ils gravissent l'escalier qui gémit toujours à la quatorzième marche.

– Pourquoi sommes-nous rentrés ? demande-t-il. Tu es fatiguée ?

– Je voulais avoir la maison pour nous seuls, dit-elle d'une voix plus basse, sa voix de désir. Ta mère dort à l'autre bout du couloir. C'est la dernière fois qu'on vient ici. Je veux nous fabriquer des souvenirs crapuleux d'anthologie.

– Excellent projet, murmure-t-il en l'enlaçant.

Servane et François ont traversé le parking où les voitures se garent en haute saison quand le port est réservé à celles qui embarquent. Derrière le cabinet vétérinaire et la laverie, ils grimpent le petit chemin qui longe l'arrière des maisons, scrutent les jardins obscurs. Il résiste à l'envie de lui prendre la main. Elle se l'interdit aussi. La dernière fois qu'ils ont fait l'amour, il y a deux mois, après une soirée trop arrosée, c'était comme manger alors qu'elle n'avait pas faim. Elle l'a vécu comme un adieu. Si, comme elle le suppose, son test est positif demain, Servane trouvera les mots adéquats pour lui annoncer que dans quelques mois Martial aura un frère ou une sœur. Elle prendra le bonheur qui passe.

Mari et femme débouchent derrière la halle du marché et la pharmacie. Le bourg dort, un chien aboie, une musique vole par une fenêtre.

– Qu'est-ce qu'on fait là ? demande Servane.

François l'entraîne, contourne le monument aux morts, l'amène devant la grande porte rouge de l'église, met un genou en terre.

– Je t'ai demandée en mariage ici, tu te rappelles ? Servane Saint-Jarme, je te demande solennellement en dé-mariage, veux-tu me dés-épouser ?

Elle hausse les épaules.

– Je suis sérieux, insiste-t-il. On n'est pas fâchés. Tu fais partie de ma vie au même titre que notre fils, je n'aimerai plus jamais personne autant que vous deux.

– J'espère bien que si, riposte-t-elle en songeant à l'enfant à naître.

Il se relève.

– Je sais tous tes sortilèges, tu sais tous mes envoûtements, comme les vieux amants de Brel. Je serai toujours là pour toi.

– On redescend par la route ? J'ai les guibolles qui flageolent.

François voit les cernes sous les yeux de sa femme, avise des vélos appuyés au mur de l'église. La crêperie de l'angle est éclairée, des rires et des voix montent dans la nuit.

– Je te ramène, dit-il en empoignant une bicyclette.

– Tu ne vas pas voler un vélo, tu as passé l'âge !

– Je le remettrai à sa place demain matin en allant au marché. Tu as l'air épuisée et il n'y a ni métro, ni bus, ni taxi ici. C'est la seule solution. Souviens-toi le nombre de fois où on nous a emprunté nos vélos ?

Elle sourit, amusée de retrouver son François d'avant le virus qui a foutu leur mariage en l'air.

– OK, Arsène Lupin.

– Si madame veut bien enfourcher ce fier destrier ?

Elle monte sur le porte-bagage, met les bras autour de sa taille, et il pédale avec entrain sous la lune, vers Ker Joie. Il est minuit plein.

Les trois cousins, déjà éméchés en quittant la maison, sont torchés après plusieurs tournées. Ils chaloupent vers le bas de la rue. Martial envoie un texto à Diwenza pour qu'elle les rejoigne.

– Elle te va bien, ton amoureuse, vous avez l'air heureux, dit Noémie.

– J'espère que les parents seront de ton avis, ils sont si coincés…

– Tu veux vraiment ajouter un humain de plus sur cette terre de dingues ? demande Arthur.

– Ce n'est pas un choix. Mais je ne regrette pas qu'il soit en chemin.

Arthur s'affale sur un banc du port.

– Moi aussi, je vais lâcher une bombe, et la déflagration s'entendra jusqu'à la pointe du Raz. Je laisse tomber la médecine pendant un an. Ensuite j'aviserai.

– Quoi ? s'écrient Noémie et Martial.

– Je prends une année sabbatique, après on verra. Pour papa et Tadig, il n'y avait pas d'autre métier. Je me sens différent. Et la pandémie a redistribué les cartes. On a sauvé des patients et on en a perdus, on s'est battus comme des gladiateurs. Je ne regrette rien, mais je ne veux pas forcément passer ma vie dans l'arène.

– C'est un peu l'idée, ironise Martial. Les marins sortent en mer, les écrivains écrivent des livres, les médecins soignent des malades.

– Change d'orientation ! Deviens médecin scolaire, médecin du travail ou chercheur ? suggère Noémie.

– Ça n'a jamais été mon choix, j'ai suivi la route tracée. J'ai vu des patients mourir en réa sans leur famille à cause de cette saloperie, des enfants dévastés parce qu'ils ne pouvaient pas leur dire au revoir. Ils nous suppliaient d'entrer, on refusait, c'était déchirant. J'ai tenu, à travers mes gants, la main de mourants qui ne voyaient que mes yeux derrière ma visière en plastique. Trop de gens sont partis alors qu'ils n'étaient pas censés crever. On manquait de matos, de recul, on nous a jetés dans le grand bain trop tôt.

Il soupire.

– Comme si ça ne suffisait pas, il y a eu un accident dans ma rue la semaine dernière. Elle est à double sens pour les vélos, c'est débile. Un camion s'est engagé sans voir un ado qui arrivait dans son angle mort et pédalait en écoutant sa musique au casque. Le camion lui a roulé dessus. Ça venait de se passer quand je suis sorti de chez moi, le Samu était en route. Un voisin m'a reconnu, il savait que j'étais médecin, les gens se sont écartés, persuadés que j'allais le sauver. Il était très pâle, très jeune, avec des yeux qui ne verraient plus jamais les filles et les couchers de soleil. J'ai tout de suite su qu'on ne pouvait plus rien pour lui, et je l'ai dit, je suis con, j'aurais dû faire semblant de m'activer jusqu'à ce que le Samu soit là. À l'hôpital on est une équipe, là j'étais seul, je ne pouvais pas le réparer à mains nues, il était cassé de partout !

Il serre les poings.

– Depuis, ses copains mettent des fleurs à l'angle de la rue, ils collent des cœurs rouges sur le mur, mais ça ne le ramène pas. Son regard vide m'a laminé, pourtant j'en ai vu d'autres. Je n'ai pas les épaules pour porter ce fardeau. Je ne suis pas de cette trempe. J'ai juste envie d'être heureux.

Ses cousins l'écoutent en silence. Des voileux vocifèrent à l'intérieur d'un bateau proche. Un couple s'embrasse sur le pont d'un vieux gréement.

– On a tous salement morflé. Au plus fort de la pandémie, les rares fois où je n'étais pas de garde, je m'évadais en regardant des documentaires animaliers. C'est ça qui m'a permis de tenir le coup : voir des soigneurs se prendre la tête pour qu'un tigre s'intéresse à une tigresse ou qu'un éléphanteau mange une pastèque. Je passais mes journées avec des humains intubés en coma artificiel, des gisants sous des éclairages glauques, et je me réconfortais en regardant les dauphins batifoler et les singes se balancer. Je vais rejoindre une équipe de soigneurs comme stagiaire pendant un an pour me vider la tête. Cesser de porter le monde comme Atlas. Je l'ai annoncé au doyen et à Bourgeois le patron de mon service. Ma formation commence dans un mois. Je serai en symbiose avec Sophie la girafe.

– Ton père va en faire une maladie !

Arthur glousse dans le noir, ivre et fataliste.

– Il survivra à cette disgrâce. J'ai envie de vivre douze mois sans connaître l'envers du décor, sans voir la colle et les clous. Ça gâche tout. Quand je me réveille la nuit pour pisser, je sais que les capteurs de ma vessie ont prévenu mon cerveau. Quand je désire une femme, au lieu d'avoir le cœur qui accélère et des étoiles dans le regard, je sais que mon cerveau envoie un ordre par ma moelle épinière. Bonjour le romantisme ! Je suis à la fois la voiture et le mécanicien.

Les deux autres éclatent de rire.

– En parlant d'amour ! La femme de ma vie est là, annonce Martial.

Diwenza, d'une beauté frappante en jean et gros pull qui dissimule son état, s'approche.

– Jc vous rcjoindrai au petit déjeuner, je dirai que je suis allé courir, poursuit Martial.

Le couple part flâner avant de rentrer à l'hôtel tandis que Noémie et Arthur montent vers Pen Lann.

– Et toi Noémie, ça va, pas de nouvelle fracassante ? Tu suis le droit chemin ?

– La barre est placée moins haute, je ne suis qu'une pauvre orpheline. On me pardonne plus qu'à vous, petits garçons sages issus de couples vivants et aimants. Personne ne s'attend à ce que je fasse des prouesses.

Le samedi matin, Pierre revient du bourg avec du *gwastell* frais – la brioche locale – et le journal. Il s'assied et commence à le feuilleter. Clarisse le voit soudain écarquiller les yeux, se souvient de sa réaction il y a deux mois, quand il a lu l'annonce de la vente.

– Pierre ?

Éberlué, il tourne *Ouest-France* dans sa direction.

À la page « Pays de Lorient », leur fils Arthur et ses cousins sourient à pleines dents sur le pont du bateau, au-dessus d'un entrefilet qui précise : « Nous souhaitons bon anniversaire ce week-end à Adeline Saint-Jarme, qui revient à Ker Joie avec ses petits-enfants fêter ses quatre-vingts printemps. Les années passent, l'attachement à l'île de Groix demeure. Les enfants de l'octogénaire ont loué pour l'occasion son ancienne maison de famille récemment mise en vente. »

– D'où ça sort ? C'est ahurissant !

– Demandons aux enfants. Arthur ! crie-t-elle.

Leur fils descend l'escalier en gémissant.

– Pas si fort ! J'ai une migraine d'enfer…

– Regarde.

Il a du mal à accommoder, plisse les yeux, finit par comprendre.

– Ah, c'est le vieux monsieur qui a pris la photo sur le bateau. C'était un copain de Mammig.

– Maman va adorer, dit Pierre.

Le matelas n'a pas été tendre pour ses rhumatismes, Adeline se redresse sur ses oreillers en grimaçant. On toque à sa porte.

– Entrez !

Elle s'attendait à Noémie, c'est Pierre, un journal à la main.

– J'ai ton premier cadeau d'anniversaire et nous n'y sommes pour rien. Les enfants ont rencontré un de tes amis sur le bateau hier. Tu es une vraie VIP, maman !

Elle lit. Pierre n'est pas habitué à la voir dans son lit, les cheveux libres sur ses épaules au lieu de son chignon blanc coutumier.

– Je te laisse t'habiller, on t'attend pour le petit déjeuner, dit-il.

Il sort de la chambre. Elle a senti son trouble et s'en amuse.

– Notre fils ne changera jamais, dit-elle à Philippe. Je suis dans le journal, ça par exemple, c'est plus fort que de jouer au bouchon ! J'aimerais bien savoir à qui je le dois…

Sa famille l'accueille en bas sous les vivats. Perdre Ker Joie leur avait brisé le cœur. Aujourd'hui ils se réveillent d'un sommeil de Belle au Bois Dormant, même si la parenthèse enchantée prendra fin dans deux jours.

– À qui est le vélo couché dans le jardin ? demande Pierre.

– Parle moins fort, ma tête va exploser, supplie Arthur.

Servane et François échangent un regard.

– On va le rapporter au bourg, se dénonce François.

– Vous avez volé un vélo ? À votre âge ? s'étrangle Pierre.

– Oh ça va ! On s'est promenés cette nuit, j'ai eu un coup de barre, François m'a ramenée sur le porte-bagage, rien de bien méchant, avoue Servane.

Les coins de la bouche de son frère tressautent, mais il réussit à garder son sérieux.

– Qui vient faire le marché ? lance-t-il à la cantonade. Maman, tu préfères te reposer ?

– Avec un châle sur les épaules et des charentaises aux pieds, sous la couette, fenêtre fermée pour ne pas entendre l'océan ? riposte Adeline piquée au vif. Je ne suis pas encore décrépite, jeune garnement. Je vais au marché, évidemment !

– Vous avez envie de manger quoi ?

– Il faut prévoir quatre repas, rappelle Servane.

– Un nouveau restau s'est ouvert au bourg, ça s'appelle le Bao, il a de super bonnes critiques, dit Martial.

– La maison est à nous, autant en profiter, non ? Maman, qu'est-ce que tu préfères ?

Dans un flash, Adeline se revoit dans la grande cuisine en train de préparer une ventrée de moules marinières pour son mari et ses trois enfants en pleine croissance.

– Manger ici, décide-t-elle.

Sa mémoire associe les évènements marquants aux plats qui les accompagnaient. Sa mère est morte un jour de *plum cake*. Si Philippe n'avait pas succombé à une crise cardiaque dans ce train il y a douze ans, elle aurait accueilli son retour avec un chaud-froid de poulet en gelée et un gâteau Petit Duc. La nuit de l'accident, il y a trente-sept ans, elle avait servi des œufs mimosa, elle n'en a plus jamais refaits.

– J'ai envie de fruits de mer à Ker Joie, dit-elle.

Je m'appelle Gaspard Morvan. Je suis assis à une terrasse de café sur le port de Vannes. Chaque samedi matin, je goûte le plaisir masochiste de regarder les familles heureuses. Des grands-pères de mon âge tiennent par la main des enfants joyeux ou des épouses *vintage*, rient avec des ados dégingandés vêtus de pantalons informes. Ils projettent une promenade ou une sortie en bateau, commandent un plateau de fruits de mer. Souvent, ils ont un chien. Moi j'avais un teckel à poils durs que j'adorais, je l'avais baptisé Pâté Hénaff.

Quand j'ai commencé à boire pour noyer ma douleur, j'ai continué à conduire malgré les mises en garde de ma femme. Un soir, en manœuvrant pour me garer, je n'ai pas vu mon chien qui venait à ma rencontre. J'étais tellement ivre que je n'ai pas senti le choc. Ma femme l'a trouvé mort le lendemain matin. Elle a fait sa valise et elle est partie sans me réveiller ni laisser un mot. Notre fille était encore à l'hôpital pour une énième opération. Lorsque j'ai émergé avec une gueule de bois d'enfer, j'ai trouvé les armoires vides et le cadavre de mon chien bien-aimé. J'ai cru devenir dingue, je suis tombé à genoux en hurlant, avant d'enterrer Pâté Hénaff au fond du jardin.

– Je peux prendre cette chaise, monsieur ?

L'adolescente blonde qui m'a posé la question sourit en dévoilant son appareil dentaire.

– Non !

Ma réponse est si agressive qu'elle sursaute et recule.

Deux tables plus loin, le père de la gamine a remarqué son mouvement, il se lève et voit un vieux type crasseux installé devant un ballon de rouge à l'heure où les gens convenables boivent du café, il fait signe à sa fille de s'écarter. Je tends mon verre dans sa direction comme pour porter un toast, en lui souhaitant de perdre sa femme, ses mômes et leur berger australien. Enfin non, pas le chien innocent. Le type prend mon geste pour une offrande de paix et se rassied.

Des consommateurs sont partis en laissant leur journal, je le récupère et commence à lire. Soudain une photo jaillit du papier froissé, me frappe au plexus, me coupe la respiration. Les lettres dansent devant mes yeux.

« Nous souhaitons bon anniversaire ce week-end à Adeline Saint-Jarme. »

Non, moi je lui souhaite le pire, l'atroce, l'insupportable.

« Qui revient à Ker Joie avec ses petits-enfants fêter ses quatre-vingts printemps. »

Non, moi je lui souhaite de bouffer les pissenlits par la racine.

« Les années passent, l'attachement à l'île de Groix demeure. »

Je grince des dents, je voudrais la voir sombrer en noyant tous ses habitants.

« Les enfants de l'octogénaire ont loué pour l'occasion son ancienne maison de famille récemment mise en vente. »

Le sang à la tête, les pieds en plomb, je relis le paragraphe, puis je hèle le jeune serveur et lui désigne l'entrefilet :

– Ce sont des amis de ma femme. J'ai oublié mes lunettes, tu peux vérifier pour moi ? Ils sont à l'île de Groix ce week-end, c'est bien ça ? Toute la famille ?

Il lit et acquiesce. Je renais.

– Excellente nouvelle ! Remets-moi un autre ballon.

Le gamin transmet ma commande. Il doit penser que je suis sourd, parce que je l'entends distinctement dire à son collègue derrière le comptoir :

– Tu savais que le vieux poivrot a une femme et des amis ? J'aurais jamais cru.

Les mains crispées, les jointures blanchies, mon corps vibre de haine en fixant la photo. Je déteste ces deux ordures de frères, leurs parents qui les ont mis au monde, leurs enfants puisqu'ils en ont. Sans eux, notre vie n'aurait pas explosé, ma fille serait heureuse, ma femme serait restée, je ne serais pas seul comme une méduse échouée. Je les maudis jusqu'à la dixième génération, ils ont saccagé mon bonheur. Je pense à eux après chaque bière et chaque ballon de rouge, autant dire souvent. Autrefois je portais beau, j'étais élégant, j'inspirais confiance et mes affaires prospéraient, j'étais le genre de type qu'on aime avoir pour ami ou collaborateur. Puis tout s'est cassé la gueule.

Si je ferme les yeux, je rêve que leur saloperie de Ker Joie s'écroule sur eux, qu'ils soient écrasés sous les décombres. Je savoure le spectacle. Les fils, Pierre et Paul, morflent les premiers, mais ils ont le temps de voir leurs enfants succomber. Puis ce sont leurs parents, le docteur Philippe Saint-Jarme et sa jolie femme, qui subissent le même sort. Lorsque, enfin, la maison n'est plus qu'une ruine fumante, je renverse la tête en arrière et j'éclate d'un rire qui me déchire la poitrine.

Je tousse de plus en plus, trop de cigarettes et pas assez d'amour. Ma femme s'est remariée avec un sombre connard. Elle ne répond plus à mes appels. Je n'arrive plus à dormir, comment y parvient-elle ? Notre fille a épousé un pilote de ligne. Elles ont coupé les ponts avec moi. Depuis le temps, mon petit-fils, que je n'ai jamais vu, doit être étudiant. Ma petite-fille a dû passer son bac. Ils ne m'ont jamais appelé grand-père. Ils croient peut-être que je suis mort ? Je sais par un ami commun qu'ils existent – un ancien ami, puisque tous nos copains d'avant ont pris le parti de ma femme.

Je tape du poing sur la table, je renverse mon verre à moitié plein et, pathétique, je me penche pour lécher le vin rouge qui se mélange à mes larmes.

Si j'étais dynamiteur ou artificier, je ferais sauter leur baraque et on n'en parlerait plus. Mais ce ne serait pas suffisant. Ça les toucherait juste au portefeuille. Je veux plus. J'exige pire. La vengeance est un plat qui se mange froid, comme le far breton.

Le marché de Groix se tient sous la halle du bourg tous les samedis. Adeline insiste pour y aller à pied. La famille s'adapte à son pas. François les précède sur le vélo emprunté qu'il dépose devant la crêperie, paniqué à l'idée que des gendarmes en embuscade lui mettent la main au collet.

Les Saint-Jarme choisissent légumes et fruits, dévalisent le stock de la crêpière, achètent des palourdes et des bulots, commandent des moules de Groix pour le lendemain. Puis le groupe se scinde. Martial et son père passent devant le bazar indien en face duquel Diwenza essaye une veste en soie orange assortie à ses cheveux. Martial lance à celle qu'il n'est pas censé connaître :

– Elle vous va très bien, vous devriez la prendre.

– Merci, répond gaiement Diwenza.

– Dis donc, tu es gonflé, souffle François à son fils tandis qu'ils s'éloignent.

– C'était la stricte vérité.

– Tout de même, elle avait peut-être envie qu'on lui foute la paix. Tu as vu ses yeux ? Ils sont violets ! Mais je suis trop vieux et trop pauvre.

– Tu es surtout trop marié, papa. Et caricatural : toutes les belles femmes ne courent pas après l'argent, tu sais.

– Elles fuient avec raison ceux qui n'en ont pas. Ta mère veut faire un break.

– J'ai cru comprendre.

– Elle t'en a parlé ?

– Non mais j'ai des yeux et des oreilles, et je vous connais comme si vous m'aviez fait... Vous vous chamaillez en permanence, c'est devenu invivable de rester avec vous dans une pièce. Ça n'a rien à voir avec ton portefeuille.

– Si tu le dis, soupire son père.

Servane réussit à fausser compagnie à François la glue et s'éclipse à la pharmacie où, heureusement, il n'y a qu'une cliente devant elle. Sauf que la dame raconte sa vie en détaillant ce qu'elle a mangé depuis une semaine. Servane trépigne.

– Tiens ! Qu'est-ce tu fais là ? s'écrie gaiement Clarisse. Je viens prendre du Citrate de Bétaïne pour Arthur.

– Je m'en charge, propose Servane, gênée.

– Oh non, je vais attendre avec toi. C'est ton tour en plus.

Servane marche vers le comptoir, sa belle-sœur sur ses talons. Puis, n'y tenant plus, elle se retourne et décrète :

– Je m'occupe de ton Citrate. Je préfère que tu rejoignes les autres.

Clarisse met quelques secondes à capter, recule, confuse.

– Ah, oh, bien sûr.

Elle sort de la pharmacie en se demandant si Servane est malade. À moins qu'elle achète du Viagra pour François. Elle s'est un peu enrobée, semble en bonne forme. Son mari a traversé une mauvaise passe après la perte de sa brasserie, mais moins terrible que Pierre.

– Un test de grossesse, s'il vous plaît, demande Servane au pharmacien en baissant la voix.

Impassible et professionnel, il le lui tend dans un sachet blanc qu'elle glisse dans sa poche.

Au bras de sa petite-fille, près de la halle, Adeline passe devant chez un ami peintre qui montre désormais ses toiles à Philippe là-haut. La petite maison – où ils prenaient jadis l'apéritif au milieu des tableaux – est devenue une vitrine du Parcabout, le parc aérien composé de filets tendus à travers les arbres dans le bois du Grao. On y vend des objets à base de cordages.

– Je t'offre un bracelet coloré, Mammig ? propose Noémie.

– On va en acheter pour tout le monde, décide Adeline.

Elles se penchent sur la corbeille, en choisissent des classiques et des flashy.

– Donc on n'en prend pas pour papa, vu ce que tu nous as dit hier ? vérifie Noémie.

Adeline lui décoche un de ses sourires d'une tendresse incommensurable.

– Non. J'aurais choisi bleu pour lui, mais non.

Dehors, Adeline lève dans le soleil son poignet fin cerclé du cordage orange.

– Je dois demander une faveur à quelqu'un, dit-elle.

– Je te suis Mammig !

Elles mettent le cap sur la chapelle de la Trinité et l'atelier des verriers où Adeline emmenait ses petits-enfants autrefois. Noémie était fascinée par les bijoux, Arthur par les animaux, Martial par les mini toupies.

Damien, lunettes protectrices sur les yeux, joue du chalumeau.

– Je voudrais vous faire une commande spéciale, explique Adeline. J'aurais dû m'y prendre plus tôt, mais j'ignorais que nous venions dans l'île. C'était une surprise pour mon anniversaire.

– Voilà une bien jolie idée.

– C'est ce que ma famille a pensé.

Noémie, étonnée, vérifie :

– Ça ne te fait pas plaisir d'être là ?

– Je suis toujours heureuse d'être avec toi et avec vous tous, botte en touche sa grand-mère. Mais je vais devoir dire au revoir à Ker Joie pour la seconde fois, ce sera un nouvel arrachement.

Elle se tourne vers le verrier.

– Je voudrais des clefs de verre pour demain midi. Nous repartons lundi et la prochaine fois que je viendrai ici, ce sera sans doute les pieds devant.

Noémie frémit.

– Aïe. C'est beaucoup trop court. Combien ? Et de quelle couleur ?

– J'en aurais aimé cinq rouges et cinq bleues. Nous sommes huit, et je voulais en déposer deux au cimetière après la messe.

– Dix ? Ça va être difficile, répond Damien, réfléchissant déjà à l'objet qu'il va créer pour elle. Je vais voir mais je ne vous promets rien.

La famille s'attable. Adeline a déjeuné des milliers de fois dans cette pièce avec les morts d'hier et les vivants d'aujourd'hui. Ce repas revêt une grande importance parce que c'est le premier qu'elle y prend depuis dix ans. Demain soir sera le dernier.

La maison embaume. Clarisse apporte les bulots et un imposant plat de spaghettis aux palourdes. Noémie et Arthur, qui aiment cuisiner, ont joué les marmitons. Les assiettes se tendent. François goûte, Servane lui écrase le pied sous la table.

– Aïe, qu'est-ce que…

– Maman n'a pas commencé, où sont tes bonnes manières ?

– Parties avec la fermeture de ma brasserie, grommelle-t-il.

Pendant les confinements, ils ont mangé en silence devant la télé, mais à présent les codes sociaux reprennent leurs droits.

– Bon appétit à tous ! leur souhaite Adeline.

Les fourchettes fondent en piqué sur les assiettes, les mâchoires se mettent en mouvement, un brouhaha joyeux emplit la pièce. Le générique des films *Harry Potter* monte soudain dans l'air, entre les cliquetis des verres et les conversations. C'est la sonnerie de portable de Martial. Il lance un sourire d'excuse à sa grand-mère et sort dans le jardin prendre l'appel.

– Je suis désolée, maman, le défend Servane, c'est sûrement son travail.

– Ou une petite amie, la détrompe François. Je l'ai vu à l'œuvre ce matin, il n'a pas froid aux yeux, le bougre.

– Aucune importance, on lui fera réchauffer ses pâtes, dit Adeline.

Pierre, agacé par la permissivité de sa mère, ne peut s'empêcher de jeter de l'huile sur le feu :

– Papa n'aurait jamais permis qu'on quitte la table au milieu du repas.

– Ton père a quitté la table le premier sans me demander mon avis, réplique Adeline. Et il m'a laissée seule à la barre. Mes petits-enfants ont le droit d'être heureux.

– Pas tes enfants ? bondit Servane.

– Ma famille au complet, répond calmement Adeline. Y compris ses valeurs ajoutées.

– Je ne suis pas certain que ma femme me considère comme une valeur ajoutée, bougonne François. La preuve, elle a gardé son nom.

Adeline sourit.

– Ah, le fameux esprit de clan Saint-Jarme. Les pièces rapportées sont synonymes de sang neuf, moi aussi j'en suis une !

Martial revient du jardin.

– Excusez-moi, c'est la boîte qui me confie des missions.

C'est la vérité. Il en a simplement profité pour appeler Diwenza une fois raccroché.

– Je n'ai jamais vraiment compris en quoi consiste ton métier, avoue sa grand-mère.

– Je suis coach vocal, explique Martial en piquant un bulot. J'apprends à mes clients les secrets d'une prise de parole efficace, comment poser sa voix, être entendu et écouté, quelle posture adopter, quel rythme. C'est naturel pour certains, pas pour d'autres. La communication est un art subtil, encore plus depuis le télétravail.

– Je n'ai pas choisi le bon métier, on ne se régale pas d'un tartare frites à travers un putain d'écran. Tu as misé sur le mauvais cheval, souffle François à Servane qui lève les yeux au ciel.

– Ces palourdes sont absolument délicieuses, déclame Noémie. Je l'ai dit efficacement ?

– Convaincante et savoureuse, approuve son cousin.

– Qui en veut encore ? lance Clarisse.

Les assiettes se tendent à nouveau.

– Tu es toujours dans le service de Bourgeois ? demande Pierre à son fils. Le type est brillant, tu as de la chance de le côtoyer. Tu pensais à quoi pour ton prochain stage ? Je peux t'aider, tu sais.

Il se tourne vers Noémie.

– Autrefois c'était simple, on faisait sa médecine, son droit, une école de commerce, on était enseignant, commerçant, artisan, agriculteur, artiste. Aujourd'hui tout est flou. Martial est coach, toi tu rapatries des enfants malades sans être soignante et tu encadres des ateliers d'écriture sans faire d'études de lettres. Les temps changent, je suis dépassé.

– J'ai envie d'aider, d'épauler. Et de donner des ailes à ceux que leurs mots enfouis lestent de plomb. J'ai juste réussi à allier les deux.

– Mais tu as tout de même un plan de carrière ?

– « Nous entrerooons dans la carrièèère quand nos ainés n'yyy seront pluuus », chante Adeline. Noémie n'a que vingt ans. Cesse de faire le rabat-joie.

– Elle pourrait être en seconde année de médecine, dit doucement Pierre. Regarde Arthur, mon fils est ma fierté. Si tu veux des conseils, Noémie, n'hésite pas, je serai toujours là pour toi.

– Papa, arrête s'il te plaît, intervient Arthur.

– Oh ça va, j'ai le droit de chanter tes louanges et de m'inquiéter pour ma nièce !

– Papa, répète Arthur, haussant la voix.

– Est-ce que le fromage est bon pour la santé, docteur ? demande brusquement Noémie à son cousin. Tu nous le conseilles ?

Arthur fronce les sourcils, stoppé dans son élan.

– Euh, oui, protéines et calcium, tu peux y aller !

– Alors viens m'aider à préparer le plateau.

Il se lève, beau joueur, la suit dans la cuisine.

– Pourquoi tu m'as empêché de tout balancer ?

– Pour que tu ne gâches pas la fête. Tu parleras à ton père demain après le déjeuner d'anniversaire.

Ils font honneur aux fromages, il y en avait pour un régiment, le plat est nettoyé. Ils se sont servis copieusement, Adeline leur a inculqué que ça ne se fait pas d'en reprendre, ça signifie qu'on n'a pas été assez nourri.

– Il y a un dessert ? espère François.

– Du far ! annonce Servane. Certains le préfèrent tiède, mais on l'a toujours servi froid ici.

Une discussion enflammée s'ensuit, les uns affirment que le vrai far breton n'a pas de pruneaux, les autres prétendent que c'est indispensable. Mais au final, pruneaux ou pas, ils engloutissent le flan doré et épais qui fond dans la bouche, puis débarrassent.

– « Il faut savoiiir, quitter la taaable, lorsque l'amouuuur est desserviiiii », chantonne François en portant une pile d'assiettes.

Sa femme fait mine de ne pas entendre et rejoint Pierre sorti fumer dans le jardin.

Servane se confie au médecin autant qu'à son frère aîné.

– Mon test est positif, tu vas être à nouveau tonton !

– Tu l'annonceras quand ?

– Demain, quand maman aura soufflé ses bougies.

– Tu es certaine qu'il est de François ?

Servane, furieuse, lui cogne l'épaule du poing.

– Je n'ai donné aucun coup de canif dans le contrat en vingt-cinq ans.

– Jamais ?

Elle le regarde attentivement.

– Parce que toi, tu as trompé la belle Clarisse ? Tu n'es donc pas parfait ?

– Pendant les gardes à l'hosto, quand j'étais interne, je me suis parfois senti seul, ça ne s'appelle pas tromper, c'est... faire preuve d'esprit de corps.

– Esprit de corps, mon cul ! Vous êtes vraiment tous des salauds.

– Papa aussi a fait quelques pas de côté.

Servane ouvre des yeux grands comme des soucoupes.

– Tu n'es pas sérieux ?

– Maman n'en a rien su. Je suis tombé sur lui un jour, accompagné, dans un hôtel dont le concierge m'avait appelé pour une cliente malade près de mon cabinet.

– Il était piteux ?

– Aussi hautain et arrogant que d'habitude. Il m'a dit : « Je compte sur ta discrétion. »

– Pourquoi tu le trahis aujourd'hui ?

En réalité, Philippe avait dit : « Tu es lié par le secret professionnel, je compte sur ta discrétion. » Pierre avait répondu : « Tu n'es pas mon patient et cette dame non plus, mais je ne dirai rien puisque je suis un gentleman. »

– Parce qu'il y a prescription.

– Maman le prend pour un saint, déplore Servane. Tu as préparé ton papier pour le bocal demain ? Tu as écrit quoi ?

– Tu verras, dit-il en se frottant là où sa sœur a frappé. Je vais avoir un beau bleu.

– Bien fait ! Fallait pas me provoquer.

– Qui a provoqué quoi ? s'intéresse François en les rejoignant.

Si Pierre n'était pas là, Servane lui annoncerait qu'ils attendent un enfant, mais ça ne s'y prête pas. Elle le fera plus tard, quand ils se retrouveront seuls.

– Pierre croit que je ne suis pas cap de me baigner par ce temps, il a tort ! affirme sa femme.

Dans le salon, Servane galvanise les troupes :

– Qui vient se baigner avec moi ? La marée est haute quand ?

Noémie consulte l'appli météo marine.

– Dans une heure.

– L'eau est à combien ? demande Clarisse en frissonnant.

– Une température juste et parfaite pour moi, réplique gaiement Adeline.

– Maman, je ne sais pas si c'est raisonnable, intervient Pierre.

– Je ne suis pas en sucre, je ne fonds pas. Je me suis baignée par tous les temps même enceinte, ça ne vous a pas trop mal réussi, que je sache.

– C'était il y a longtemps.

– Je ne risque rien puisque j'ai mon médecin particulier. Si tu avais été dans ce train avec ton père, tu l'aurais réanimé. Départ pour la plage dans vingt minutes, le temps de nous préparer, ça vous va ?

Les plus de trente ans réintègrent leurs chambres. Les trois cousins montent dans la cabane de pirate et s'asseyent sur l'étroite plateforme qui leur semblait grande autrefois.

– Je suis en train de lire un roman d'anticipation écrit en 2013 sur une pandémie qui révolutionne la planète, raconte Arthur, les jambes pendant dans le vide. Une troupe itinérante y parcourt le nouveau monde en jouant du Shakespeare et du Beethoven dans une caravane sur laquelle il y a écrit « Survivre ne suffit pas ». C'est tiré de *Star Trek* et ça traduit exactement mon état d'esprit.

– Oula... C'est l'heure de la *weed*, déclare Martial, qui sort un joint de sa poche.

– Pas pour moi, décline Noémie.

– Ni pour moi, j'ai besoin de ma lucidité pour annoncer à mon père que cette année je ne réanimerai que des kangourous et des hippos, soupire Arthur.

À leurs pieds, les hortensias qui ont remplacé le rosier d'antan se balancent dans le vent. Quand ils sont venus pour l'enterrement de leur grand-père, c'était le vent de sud-est qui soufflait, le *suet* ou *gevred*, celui qui emporte les défunts. Aujourd'hui c'est le *kornog*, la jument de mars, le vent d'ouest qui fait galoper les émotions.

L'agent immobilier joint Doug Connor afin de fixer la date de la signature définitive pour Ker Robert. Dans la conversation, il lui apprend que les anciens propriétaires ont loué la maison tout le week-end.

– Ils voulaient la racheter, vous avez été plus rapide. Si vous envisagez de louer à l'occasion, ils seront intéressés et ne regarderont pas à la dépense.

– Vous les avez rencontrés ? Ils sont comment ?

– Le mari est un docteur du genre nerveux, sa femme est plus calme, ils fêtent les quatre-vingts ans de la grand-mère. Je peux vous mettre en rapport, si vous voulez ?

– Merci.

– Ils ont vécu là sur plusieurs générations, ils ont sûrement des choses intéressantes à raconter. En tout cas, ils sont à Groix jusqu'à lundi matin, conclut-il de sa voix horripilante.

S'il voulait, il suffirait à Doug de rouler de Galway à Cork, puis de prendre le ferry du soir pour débarquer demain matin à Roscoff. Plus que deux petites heures de route jusqu'à Lorient, cinquante minutes de bateau, et il arriverait dans l'île. Où on lui ouvrirait la porte de cette maison qui est presque la sienne.

J'ai sauté dans le train à Vannes, la page du journal dans ma poche. J'en suis descendu à Lorient, puis j'ai pris la navette jusqu'à la gare maritime. Je suis arrivé à temps pour monter à bord du bateau. J'ignore comment je vais me venger, je déciderai sur place, selon les circonstances. Le destin, qui les réunit tous, joue en ma faveur.

Je pourrais faire cramer la baraque pendant la nuit et les supprimer en une fois, mais ce serait trop facile, je veux les voir souffrir d'abord.

Sur place, ma première visite est pour le Café de la Jetée, au bout du port, où je bois un petit blanc pour me donner du cœur à l'ouvrage. Je déplie ma page froissée, m'abîme un moment dans la contemplation de la photo. Ma fille était plus jeune au moment de l'accident, et beaucoup plus jolie que cette petite Saint-Jarme. Qui est son père ? L'un des frères ? Ou leur sœur ?

– C'est beau de fêter une grand-mère, dis-je à voix haute en désignant le journal.

– Nos anciens méritent tous cette chance, mais depuis que les tarifs de la Compagnie Océane ont explosé, les familles ne peuvent plus venir comme avant, regrette un Groisillon.

– Les Saint-Jarme sont connus ici ?

– Des gens bien, docteurs de père en fils et membres de l'équipage du canot, répond un marin à casquette.

– Le canot ?

– Le canot de sauvetage.

– Mais la maison n'est plus à eux ?

– Ils l'ont vendue après la mort du *peupé*.

– Du quoi ?

– Le *peupé*, le mari de la *meumée* dont c'est l'anniversaire.

Ma vengeance s'effiloche, Philippe Saint-Jarme m'a échappé, je me sens lésé. À moins que…

– Il est enterré ici ?

Le marin acquiesce, puis s'en va. Je vide mon verre d'un trait et je remonte vers le bourg et le cimetière.

Je me promène entre les tombes, pas du tout attendri. Ni par les vieux, ni par les enfants qui ont eu des vies brèves, ils n'ont rien bâti donc ils n'ont rien perdu. Je finis par trouver la dalle sous laquelle mon ennemi repose. Le cimetière est vide à cette heure, je suis seul.

Je ramasse une grosse pierre et m'en sers pour frapper de toutes mes forces l'angle supérieur de la sépulture du salaud. Je m'écorche la main, mais je tape jusqu'à ce qu'il se brise. Je lâche la pierre, satisfait d'avoir gâché la belle harmonie. Puis, rageur, je prends une poignée de cailloux par terre et je les balance sur la dalle. J'aurais préféré les lui jeter à la tronche parce qu'il a engendré ses fils. Il a été réglo question fric, mais ça ne rattrape pas le mal qu'ils ont fait.

Je toise le nom détesté gravé dans la pierre et je menace le bon docteur, frémissant de colère face à sa tombe cassée parsemée de cailloux sales :

– Tu t'es défilé, mais tes fils et ta femme vont payer.

L'eau est fraîche et claire à la Glacière, une petite plage peu prisée des touristes qui préfèrent les Grands Sables aux airs de Polynésie. Servane s'immerge rapidement pour que personne ne remarque que son corps a changé, mais prend soin de ne pas se mouiller les cheveux. Les cousins piaillent, vocifèrent, s'arrosent, beaux, ruisselants, vigoureux. Clarisse scrute l'onde avec inquiétude. Pierre fend l'eau dans un crawl impeccable. François s'éloigne à la brasse, vexé parce que son fils, en bermuda multicolore, s'est moqué de son slip de bain. Adeline entre lentement dans l'océan, majestueuse dans son maillot une pièce rouge. Elle fait la planche, oublie ses rhumatismes, fixe au-dessus de sa tête le ciel où elle a choisi de croire que Philippe et Paul l'attendent. Elle éprouve la même sensation qu'autrefois, l'assurance que l'île est son armure et la mer son bouclier. En apesanteur, elle flotte, libre, le corps souple, la peau douce et lisse, les os solides. Puis elle se redresse et éclabousse sa fille qui lui tourne le dos.

– Quel est le crétin qui… rugit Servane, avant de s'interrompre en voyant sa mère hilare. C'est toi ? Je vais être décoiffée, c'est malin.

Adeline frappe la surface du plat de la main et lui envoie une gerbe d'eau.

– Ne me provoque pas, maman !

Adeline se retourne et brasse l'eau de ses bras pour l'arroser. Servane réplique en l'aspergeant. Arthur vient au secours de sa grand-mère. Martial défend sa mère. La bataille fait rage, ils sont tous trempés.

Un couple de retraités assis sur le sable observe cette bande euphorique dont la meneuse est une femme aux cheveux blancs.

– Ils ressemblent aux trois jeunes qu'on a vus dans le journal ce matin, non ?

Quand les Saint-Jarme, essoufflés et réjouis, reprennent pied sur la plage, le couple souhaite bon anniversaire à Adeline, qui fronce les sourcils avant de comprendre comment ils sont au courant. Elle fait à peine attention, plus loin sur les rochers, au vieux à casquette en train de les fixer. Pourquoi se méfierait-elle d'un homme qui contemple l'océan ?

Je regarde patauger ces ados devenus adultes qui ont saccagé ma vie. Je suis arrivé alors qu'ils sortaient. Je les ai suivis jusqu'à la Glacière.

Il n'y a que deux hommes. Pierre n'a pas changé, donc l'autre est forcément Paul. Jadis beau, il s'est épaissi, il a perdu ses cheveux et sa grâce. Leur mère a gardé son élégant port de tête malgré les années. Elle semble si heureuse avec ses fils et ses petits-enfants, elle déchantera bientôt. Il y a deux femmes, laquelle est la sœur des salauds ?

Ils se baignent, s'éclaboussent, ils ont la vie facile, aucun drame ne les a chavirés, ils protègent l'aïeule. Si un jour elle tombe malade, ils se précipiteront à son chevet à l'hosto. Alors que moi je crèverai seul comme un chien, et il n'y aura pas âme qui vive à mon enterrement.

J'aimerais les noyer, déclencher un tsunami. Ils ont les cheveux mouillés, les yeux brillants, l'océan s'est fait docile pour plaire à cette saloperie de famille unie, aimante, soudée. Ils ne savent pas ce qui les attend. Bientôt les frères Saint-Jarme pleureront des larmes de sang.

Paul Saint-Jarme est vivant, contrairement à ce que croit désormais toute sa famille, même si une part de lui est morte avec Mandy. Vivant, et meurtrier de sa femme. Mandy n'a jamais eu de méningite, c'est lui qui l'a tuée. Incapable de regarder leur fille en face il y a vingt ans, sa seule issue était la fuite. L'enfant, puis l'ado, s'est construite sans la tendresse d'une mère. Paul la suit de loin sur les réseaux sociaux, ainsi que ses neveux Arthur et Martial, qui est aussi son filleul.

Il y a douze ans, un matin, il a consulté le compte Facebook d'Arthur. Une photo a surgi sur l'écran : un Philippe vieilli, loin du médecin volontaire et sévère qui faisait trembler ses fils. Dessous, Arthur avait écrit « RIP Tadig ». Paul, qui marchait dans la rue, a eu un vertige et s'est adossé à un mur pour ne pas s'écrouler.

La disparition de son père l'a rejeté au fond des abysses. Pas de réunion de famille, pas de vêtements de deuil, pas de messe à préparer, pas de foutu cercueil à choisir, pas de mère à soutenir, pas de fille à consoler. Il brûlait d'envie de foncer à Paris embrasser Adeline, étreindre sa petite Noémie de huit ans, tenir son rôle de fils, rendre hommage à ce père qu'il avait admiré et craint.

Ce soir-là, il a pris une cuite mémorable, une *beudazée* d'anthologie. Devait-il se manifester auprès de sa mère? L'annonce de la disparition du docteur Saint-Jarme qu'il avait trouvée dans le journal stipulait: « Ni fleurs ni couronnes, mais des dons à la Société des Sauveteurs en Mer de l'île de Groix. » Il a fait un don substantiel.

Le matin de l'enterrement, il est entré dans une église de la petite île où il vit désormais. Il a imploré Dieu.

– Tu ne m'as pas empêché de détruire la femme que j'aimais, alors aujourd'hui protège maman et Noémie, tu me dois au moins ça! J'ai perdu le droit d'être heureux, mais pas elles. Aide-les à se cuirasser contre le malheur. Qu'elles se fassent béquille pour s'entraider. Moi, je me débrouillerai. Toi, fais ton boulot!

Avec le temps, il a digéré la mort de son père, mais pas celle de Mandy. Si ses parents, son frère et sa sœur ont respecté son vœu et gardé son secret, Noémie le croit innocent. Elle n'apprendra jamais son crime.

Quand il ouvre les yeux chaque matin, il goûte encore au bonheur dans le flou des secondes qui suit l'éveil, là où flotte la possibilité d'une femme à étreindre, d'un bébé à bercer, d'une mère à aimer. Puis le couperet tombe, l'implacable réalité l'écrase. Son imagination, seule, lui permet de survivre. Il s'autorise parfois à s'immerger 24 heures dans ses souvenirs avec Mandy. Il respire, mange, marche et agit comme si elle était là, pendant 1 440 délicieuses minutes. Il est de nouveau en couple, avance dans la rue à son côté, il revit leurs étreintes et leurs chavirements, l'écoute déclamer les poèmes qu'il a écrits pour elle. Pendant 86 400 secondes, il est presque heureux. Avant de replonger dans la géhenne.

Il se permet aussi une demi-journée de père, 12 heures, 720 minutes, sourit dans la rue aux bébés, attend Noémie en pensée à la sortie de l'école, cherche quelle histoire il lira le soir pour l'endormir, comme si elle n'avait pas grandi.

Enfin, une heure par mois, 60 minutes, 3 600 secondes, il se sent encore fils, il dîne avec Adeline, se promène avec elle, il s'entend dire « maman ».

Mais il se retrouve seul.

Aujourd'hui, à cinquante-trois ans, il n'a plus rien du jeune routard fumant des joints et marchant sur les sentiers des montagnes les plus hautes du monde. Il regarde le soleil margarine jouer à saute-mouton par-dessus les nuages qui surplombent son île. En rentrant du Tibet, il a échoué ici. Il a trouvé du travail, tranché au scalpel les liens avec sa vie d'avant pour ne pas crever. Il s'est intégré. Le médecin local renouvelle son traitement, le pharmacien lui délivre ses médicaments, ils sont discrets, rien ne transpire. Ses quelques amis ne se doutent de rien. Personne n'est au courant de son crime.

Il consulte régulièrement les journaux bretons en ligne. En ce samedi matin, veille de l'anniversaire de sa mère – il ne l'oublie jamais malgré les années, de même que celui de sa fille –, il se connecte au site de *Ouest-France*. La photo le cueille à froid, le fige sur place. Il remarque chaque détail, son bracelet brésilien, ses baskets rouges, sa montre jaune, le sourire qui flotte sur ses lèvres. Il relit plusieurs fois les mots sous le cliché. « Les enfants de l'octogénaire ont loué pour l'occasion son ancienne maison de famille récemment mise en vente. »

Ils sont à Ker Joie. Chez eux. Les trois générations. Toute la famille, sauf son père. S'il lui prenait l'envie de quitter son île pour les y rejoindre, il reverrait sa mère, sa sœur, son frère, ses neveux, et il rencontrerait enfin sa fille adulte. Mais il a tué sa femme, on ne peut pas revenir là-dessus. Il se prive d'amour et de tendresse depuis vingt ans pour expier son crime.

Et si le temps du pardon était arrivé ?

Il n'y a que deux salles de bains à Ker Joie. Ils prennent leur douche à tour de rôle. Noémie, la plus jeune et la dernière, n'a plus que de l'eau tiède. Puis ils se rassemblent dans le salon.

– Ce soir au menu, galettes de blé noir puis crêpes, chacun choisit sa garniture ! annonce Servane.

– Quelqu'un a nourri le poisson rouge ? s'inquiète Arthur l'ami des bêtes.

Personne. Un flacon de granulés est posé près du bocal, Arthur en verse une pincée, ils coulent et le poisson se régale.

– Bon appétit copain !

– On pourrait lui donner un nom.

Les propositions fusent : Poisson, Axelle Red, Nemo, Bubulle.

– Birthday ? Ou Ronde-de-nuit ?

– Pourquoi pas Pen-ar-Bed, « bout du monde » en breton ? propose Adeline. Le bocal est le bout de son monde.

– Vendu, s'écrie Martial. Ça lui va comme un gant, enfin, comme une nageoire.

– Je ne m'étais pas baignée depuis longtemps, quel bonheur ! dit Adeline à Pierre.

Clarisse voit son mari se décontracter et son cœur se gonfle de gratitude. Pierre sourit à sa mère. Puis son regard tombe sur un cadre, au mur, entourant une ancre de marine noire sur fond blanc. Il se souvient de Popeye, et son sourire s'efface.

La première fois que Pierre est entré dans un amphi de dissection, à la fac de médecine des Saints-Pères, des années avant la disparition de son frère et la mort de son père, il a découvert que le formol prend à la gorge, s'insinue dans le cerveau, imprègne les vêtements. Pétrifié devant la rangée de tables sur lesquelles reposaient des cadavres, il a croisé le sourire vacillant d'une étudiante au tee-shirt jaune orné d'un Popeye. C'était incongru au milieu des corps glacés, ça l'a ramené du côté de la vie. Pour lui, être médecin, c'était aimer les gens, les connaître par cœur et par corps, dans leur entièreté, y compris les mucosités, l'urine et le pus, mais pas les voir morts.

Il était en troisième année, il vivait déjà avec Clarisse. Ils s'étaient connus en première année. Ils travaillaient en binôme, elle était la meilleure mais perdait ses moyens lors des examens, alors que lui la pression le boostait. Au deuxième essai, il avait réussi ric-rac, elle avait échoué. Clarisse s'était alors orientée vers la psycho, et ils avaient emménagé ensemble.

Ce qui avait frappé Pierre dans l'amphi macabre, c'était l'inéluctable. On ne revient pas en arrière, on ne rejoue pas la partie, on n'est pas devant un échiquier. Une fois que le roi est couché, c'est fini. Les cadavres allongés sous la lumière crue de la salle avaient ri, bu, dansé, puis perdu la bataille.

À cette époque, Pierre n'avait pas encore côtoyé la mort, sinon à Groix, une fois. En aidant son père au canot, il avait vu un noyé, pathétique baudruche gonflée qui l'avait impressionné.

Le prof d'anatomie a accueilli les étudiants par un discours bien rodé :

– Bienvenue à vous, valeureux guerriers qui souhaitez vous interposer pour mettre en déroute la faucheuse ! Mais vous serez aussi celui ou celle qui prend la main d'un patient avec compassion quand il n'y a plus rien à faire, pour l'accompagner jusqu'au seuil de la dernière porte. Être soignant n'est pas un métier, c'est une vocation, une grâce, un engagement, un pied de nez fou au destin. Vous allez faire des crocs-en-jambe à la mort, lui filer des raclées. Elle gagnera à la fin, mais le combat sera épique !

Il a balayé du regard le troupeau d'étudiants bigarrés, nonchalants, ricanant pour masquer leur trouble devant les flippantes poupées immobiles.

– Les cadavres que vous voyez ici ont été des personnes, ils ont été aimés, leur existence a eu un sens. Respectez-les. Peut-être qu'ils ont offert leur corps à la science, ou que personne ne les a réclamés. Vous allez leur donner un prénom à chacun. Ils seront vos guides pour comprendre l'anatomie humaine. Chaque étudiant de cet amphi est fabriqué comme ce monsieur barbu que nous allons disséquer morceau par morceau, chaque étudiante comme cette dame au vernis écaillé. Remerciez vos compagnons muets.

Ils étaient quatre avec Pierre autour du cadavre d'un homme âgé qui avait une ancre de marine tatouée sur l'avant-bras comme le Popeye du tee-shirt jaune de l'étudiante.

– Comment on va l'appeler ?

Pierre a proposé Popeye. Il a été le premier à inciser la peau grise. Le cadavre n'a pas bronché. Frémissant, Pierre a continué à le taillader, lui collant mentalement au coin de la bouche la pipe du héros de dessin animé pour ne pas s'enfuir en courant.

En rentrant de la fac ce jour-là, il avait fourré son jean et son sweat-shirt dans la machine à laver, et le soir même il avait demandé Clarisse en mariage pour que la vie triomphe.

Des années plus tard, quand il a assisté avec Zacharie aux derniers instants de Marthe, le futur veuf avait une vieille pipe au coin de la bouche. Et Pierre a remarqué pour la première fois l'ancre délavée tatouée sur son avant-bras.

– Vous avez été marin, Zacharie ?

– J'étais mousse, docteur, embarqué à treize ans, amariné à la dure. Je rêvais de mers lointaines, de plages blanches et de vahinés, mais j'ai croisé la route de Marthe, j'ai posé mon sac au bord de son cœur. Et je suis devenu boulanger, plongé dans des océans de farine.

Lorsque sa femme a cessé de respirer, Zacharie a ouvert la bouche, cassant sa pipe au sens propre du terme alors que sa femme venait de le faire au sens figuré. Pierre, habitué à l'humour médical cynique, s'est raccroché à cette idée absurde dans son désarroi. Il se sentait comme après sa première dissection, quand il avait abandonné Popeye pour la nuit, nu et charcuté sur sa table froide. La mort lui collait aux basques, il en avait plein le nez, plein les vêtements.

Après la mort de Marthe, il a fourré son costume et sa chemise de médecin dans la machine à laver, puis il a emmené Clarisse dîner au restaurant du coin. Il s'y est saoulé avec application, s'est levé à la fin pour porter un toast : « À Marthe, la vahiné de Zacharie, l'Olive de Popeye ! »

Ce soir on se bouscule dans la cuisine de Ker Joie où chacun compose sa galette. Andouille-œuf pour Adeline, jambon-œuf-fromage pour François et Servane, saucisse pour Pierre, un simple œuf miroir pour Clarisse, saumon fumé-crème pour Martial. Plus audacieux, Arthur et Noémie osent la camembert-caramel au beurre salé. Il y a du beurre et du gras plein le plan de table, et autant d'assiettes que de convives.

– Quelqu'un veut goûter ? propose Arthur.

La fourchette de sa grand-mère plonge en piqué.

– Bien joué les enfants, c'est une merveille, concède-t-elle.

– Ma coloc fait des pancakes paradisiaques, une tuerie, affirme Martial avec gourmandise.

– Tu aurais dû nous l'amener, dit Adeline.

– Martial m'a fait des appels du pied, maman, mais c'est une réunion de famille, précise Servane.

– L'étymologie latine du mot « famille » désigne tous les habitants humains et animaux d'une maison, remarque

Adeline. Pen-ar-Bed dans son bocal est de la famille. Si l'un de mes petits-enfants tombe amoureux, il intègre la famille.

Les trois cousins la dévisagent. Elle a l'œil qui frise.

– Où est-ce qu'on déménagera le poisson demain, quand on aura besoin de son bocal ? chuchote Clarisse.

– Dans le saladier, avec un couvercle pour l'empêcher de sauter, répond Noémie sur le même ton.

– On passe aux crêpes ou des morfales bissent le salé ? lance Servane

François lève le doigt.

– Je veux bien me dévouer.

– Bravo au goinfre qui s'assume, plaisante sa femme.

Elle ne lui a toujours pas annoncé sa grossesse. Au moment où elle allait le faire, après leur baignade, sa belle-sœur l'a appelée et Servane a différé sa révélation.

– J'ai besoin de toutes mes forces en ce moment, dit François en lui lançant un regard appuyé.

– On dit « Qui voit Groix voit sa joie » ; mais aussi « Qui voit Groix voit son foie », riposte-t-elle.

– Je viendrai boire un verre la semaine prochaine dans ton bar à vins, intervient Pierre pour aider son beau-frère. II est temps que je découvre les lieux.

– Je rame et je ne suis pas satisfait, maugrée François. Il n'y a que les médecins et les pharmaciens qui ont bossé cette année.

Le visage de Philippe se verrouille.

– Tu oublies les croque-morts, mon oncle, le provoque Arthur.

– Je n'aurais jamais pensé vivre un jour dans une France sans restaurants, se lamente François. Avant, je rendais mes clients heureux avec une côte de bœuf ou une tête de veau. Ceux du bar aujourd'hui sont des jeunes qui bloquent une table deux heures avec un verre de rouge et des olives, ou des bobos qui rentrent chez eux bouffer des sushis. Je ne me retrouve plus dans ce nouveau monde.

– C'est celui de nos enfants, il faut t'y faire, tente Servane.

– Martial n'est plus un enfant, il enseigne aux gens comment en embobiner d'autres sur un écran d'ordinateur.

Servane ne parlait pas seulement de leur fils de vingt-quatre ans. Leur enfant à venir vivra dans un monde encore différent.

Martial pianote sur son portable : « Changement de plan, viens maintenant. »

Adeline savoure sa crêpe flambée au Grand Marnier. Rien ne saurait troubler la quiétude de la soirée, jusqu'à ce qu'un bruit désagréable les fasse sursauter.

– Qu'est-ce que c'est ?

Ker Joie n'a jamais eu de sonnette, les amis et le facteur frappaient à la fenêtre ou faisaient le tour par le jardin. Mais Ker Robert a un carillon très moche.

Martial va ouvrir, revient en tenant par la main une femme rousse au regard violet, enceinte, plus âgée que lui. Adeline pige tout de suite et lui sourit avec bienveillance. Noémie et Arthur l'accueillent comme une amie de longue date. Servane est pétrifiée. Pierre et Clarisse hésitent. François détend l'atmosphère en s'avançant vers elle.

– Finalement vous l'avez achetée, cette veste orange? Excellent choix!

Il se retourne vers les autres, médusés.

– Nous avons fait connaissance ce matin, au marché.

Martial ne lâche pas la main de l'inconnue.

– Je vous présente Diwenza, énonce-t-il d'une voix ferme.

– Bienvenue à Ker Joie, dit Adeline.

L'arrivante refuse poliment le verre de vin que François, empressé, lui propose.

– Tu ne vois pas qu'elle ne peut pas boire d'alcool? marmonne Servane.

– Comment je le saurais? On s'est vus ce matin pour la première fois! répond François sans comprendre.

Il glisse discrètement à son fils:

– Tu es rapide, félicitations.

– Tu n'y es pas papa. Je l'aime.

Il s'adresse à sa grand-mère.

– Mammig, dit-il gravement. Je vis avec Diwenza, on s'est connus pendant le premier confinement, je jouais du saxo sur mon balcon, j'étais confiné seul comme un con dans mon studio, une sirène a chanté pour moi de l'autre côté du boulevard Saint-Germain. Je suis sûr que notre enfant aura l'oreille musicale.

François, suffoqué, balbutie:

– Mais tu l'as rencontrée ce matin?

– Bien sûr que non, papa.

Servane, muette, observe le couple. Si elle n'était pas elle-même enceinte, elle serait choquée par l'âge de la future maman, mais la donne a changé. Son fils est manifestement heureux. Elle savait qu'il jouait du saxo avant les applaudissements de 20 heures, il lui a envoyé des vidéos. À l'époque, elle consacrait toute son énergie à canaliser son mari. Un soir, un habitué qui avait forcé sur la bouteille dans l'arrière-salle clandestine du bistrot a vendu la mèche. Une enquête a été ouverte, François a nié puis abdiqué. Ensuite sa trésorerie a fondu, comme s'il ne s'était pas couché six nuits par semaine à trois heures du matin depuis des années pour faire tourner la brasserie.

– Vous auriez dû arriver hier, dit Adeline à Diwenza.

– Elle a voyagé avec nous, précise Arthur.

– Je sais où je vous ai vue : dans le bateau ! se souvient Servane.

– Je pensais la présenter demain à Mammig en cadeau d'anniversaire, et puis je n'ai pas résisté, avoue Martial.

– Oh, vous êtes mon cadeau ? Alors vous allez chanter pour moi ?

Diwenza hésite. L'accueil de la grand-mère de Martial est généreux. Sa mère se méfie, c'est logique. Son père est largué. Les parents de son cousin sont au spectacle. Lorsque Martial lui a annoncé qu'ils officialiseraient leur relation ce weekend, elle redoutait par-dessus tout de passer pour l'erreur de casting, la profiteuse, la femme mûre qui s'entiche du petit jeune et le coince avec un enfant. À présent qu'elle est là, elle se lève, avec ce ventre rond et accueillant, face à l'océan, devant cette famille dont elle ignore encore tant de choses. Sa gorge se détend, l'adrénaline court dans ses vaisseaux.

– *And now, the end is here, and so I face, that final curtain.*

Martial saisit un saxo invisible et ses doigts courent sur les touches pour l'accompagner. François tend la main vers Servane pour l'inviter à danser, mais elle se dérobe.

– *I've loved, I've laughed and cried, I've had my fill, my share of losing*, continue Diwenza.

My Way, sur des paroles anglaises de Paul Anka après un premier texte de David Bowie, à partir des paroles originales de Claude François.

– Diwenza est installée au Ty Mad, je l'y rejoins la nuit, précise Martial à la fin de la chanson.

– Quand ton grand-père m'a invitée ici pour la première fois, nous étions seulement fiancés, il m'a installée à l'Hôtel de la Marine où il m'a rejointe au milieu de la nuit, se remémore Adeline en souriant.

Pierre et Servane considèrent leur mère avec étonnement.

– Nous attendons une fille, précise Martial.

Servane tord la bouche. Et elle, qui se cache au creux de son ventre ?

– Café pour tout le monde ? propose Clarisse.

– J'ai apporté du chocolat à la fleur de sel et au thé avec des triskells dessus que j'ai trouvé au bourg, annonce Diwenza en sortant deux plaques de son sac. Il est fait par des Bretons qui le ramènent sur un voilier cargo.

– Je suis Groisillon de cœur et je t'embarque avec moi, lui souffle Martial.

Pierre et Martial sortent fumer, François les accompagne. Clarisse se tourne vers Diwenza :

– Martial est très jeune. Il va se retrouver père à vingt-quatre ans, il ne se rend pas compte.

– J'en ai trente-huit, je ne prends pas cet engagement à la légère, affirme Diwenza.

Clarisse ne comprend pas le silence de Servane et s'entête :

– Vous semblez très amoureux, mais la vie est déjà compliquée quand on coche les bonnes cases. Martial est plutôt immature.

– Tu le connais mal, il est très responsable, proteste Arthur.

– Si c'était mon fils, je m'inquièterais…

– Mais c'est le mien, coupe Servane.

Clarisse lève les deux mains en signe de reddition.

– Message reçu, je m'incline.

Elle rejoint les autres dehors.

– Ce n'était pas prévu, précise Diwenza. Nous avons d'abord été surpris, puis fous de joie.

Diwenza a été élevée par des femmes en ignorant le nom de son père. Sa mère, journaliste, était souvent en déplacement. Elle a grandi auprès d'une grand-mère institutrice, qui chantait du matin au soir. Diwenza a trouvé sa voie et sa voix en l'accompagnant. Martial, elle en est persuadée, sera un père fantastique.

– Vous avez de la chance de vivre aujourd'hui, dit Adeline. Je vais vous confier un secret : je compte sur vous pour que ça ne sorte pas d'ici. Pierre n'est pas mon fils aîné. Philippe et moi avons attendu un garçon avant lui, nous n'étions pas mariés, et à l'époque c'était impensable, nous aurions attiré la honte et le déshonneur sur nos familles. Le monde a heureusement changé, depuis…

Noémie n'en croit pas ses oreilles. Arthur est abasourdi. Servane considère sa mère avec stupeur.

– Mais comment tu as fait pour…

– Le patron du service où Philippe était interne a pris le risque considérable de nous aider.

– Vous avez regretté ? demande Diwenza.

– J'y pense souvent, répond Adeline en esquivant la question. Sur quatre enfants, il ne m'en reste que deux. En tous cas, merci de rendre mon petit-fils heureux.

Dans le Monopoly breton, les gares nord, sud, est et ouest sont remplacées par Quimper, Rennes, Brest et Lorient. Le terrain le moins cher est Carhaix, les plus chers sont Quiberon et La Trinité-sur-Mer. Belle-Île-en-Mer est verte, l'île de Bréhat est jaune. Groix n'existe pas dans le jeu, alors Martial corrige cette erreur en écrivant Groix à la place de Bréhat. Il se lance dans une partie avec Diwenza et Pierre, tandis qu'en cuisine Clarisse sort les provisions de la liste qu'elle a rédigée à partir du cahier d'Adeline.

– D'habitude, un gâteau d'anniversaire est une surprise, mais c'est plus amusant de le préparer ensemble. J'ai choisi les gâteaux des Alliés, du Poilu, et du Débrouillard.

Servane, Arthur et Noémie se penchent sur la longue écriture penchée et déchiffrent les trois recettes.

– La préparation pour Le Poilu doit reposer une journée, on le servira au dîner demain, décide Servane.

– Excellente idée, c'est un dessert stimulant qui tient au corps.

– Et les fameux pets-de-nonne dont raffole tante Servane, tu m'en feras à la maison Mammig ? remarque Noémie.

– Servane nous en régalera, n'est-ce pas ?

Le sourire d'Adeline est une offre de paix et sa fille le prend comme tel.

– Promis, maman.

François s'est changé et revient dans le salon en tenue de jogging.

– Je vais courir un peu, quelqu'un veut m'accompagner ?

Aucun volontaire.

– À tout à l'heure les Flamby !

Il met ses écouteurs et part en trottinant au rythme de *Happy* de Pharell Williams. Courir lui vide la tête, les endorphines apaisent son stress, il oublie sa brasserie, sa femme lâcheuse, il n'y a plus que la forge de ses poumons, la pompe de son cœur, la musique dans son cerveau, ses pieds mués en bielles.

L'étroit sentier côtier, désert à cette heure, défile sous ses baskets, sinueux, grevé de trous et de bosses, bordé par l'océan. Le temps de cette échappée belle, il se sent fort. Il court trente minutes, le tee-shirt trempé de sueur, les cheveux plaqués sur le front, le corps laminé de bonne fatigue, avant de rebrousser chemin. La lune caresse d'argent les feuilles des buissons et les rochers, reflète les vagues.

Il remarque à peine, là où le sentier longe un escarpement, l'homme âgé qui arrive à sa rencontre, sans doute un insulaire qui promène son chien ou sa mélancolie. François estime qu'il a largement la place de passer sans ralentir. Il se déporte du côté du vide à la hauteur du vieux monsieur. Mais soudain, l'impensable arrive : ce dernier se plante au milieu du chemin et le bouscule violemment. François est déséquilibré, ne trouve rien pour se rattraper, et tombe dans le vide. Il plonge vers le noir en contrebas, se reçoit lourdement sur l'épaule droite en heurtant un rocher.

Son bras droit ne lui répond plus et pend, inutile. Son bras gauche obéit encore, il coupe sa musique, secoue la tête, sonné. Il appelle :

– Monsieur ! Hé, monsieur !

Seul le silence lui répond. Le vieux a forcément senti le choc, il va venir à son aide, appeler du secours.

– Monsieur, je suis là, en bas ! Vous me voyez ?

Est-ce qu'il est sourd ? Ou mal-voyant ?

François serre les dents, se palpe l'épaule droite avec la main gauche, frémit. Son épaule est déformée, la tête de l'os dépasse sous sa peau, sortie de l'articulation. C'est si impressionnant qu'il vomit sur ses chaussures sans avoir le temps de se pencher plus en avant.

J'ai vu Paul Saint-Jarme sortir de la maison, coiffer ses écouteurs, se mettre à courir avec insouciance à petites foulées souples. Je ne pouvais pas le suivre, alors je l'ai attendu, il finirait forcément par repasser. J'ai tout mon temps, ça fait trente-sept ans que je patiente.

La lumière est descendue. J'ai marché un peu pour me réchauffer. Enfin, j'ai entendu le joggeur arriver avant de le voir. Ses pieds martelaient le chemin, des cailloux roulaient, cette ordure rentrait chez lui, se réjouissait de retrouver sa famille, prendre une douche chaude, étreindre sa femme.

Le sentier se rétrécissait à l'endroit où nous allions nous croiser en surplomb de l'eau. Je me suis placé du côté intérieur, laissant le vide au joggeur. Il serait facile de le déséquilibrer, il n'aurait rien à quoi se rattraper. Et c'est exactement ainsi que ça s'est passé : je me suis décalé, je l'ai poussé, il a basculé.

Il m'a appelé à l'aide, il a dégueulé, il n'avait que ce qu'il méritait. J'ai reculé dans l'ombre, me délectant de ses efforts pour remonter par un passage pentu entre les broussailles. Il titubait sur le sentier. Il a tenté d'utiliser son téléphone qui a résisté à la chute. Mais, comme souvent dans l'île, il n'y avait pas de réseau. Il s'est mis à gueuler des injures, c'était doux à mes oreilles.

Et ça n'était que le début.

François s'est traîné jusqu'à Ker Joie. Il ouvre la porte de sa main gauche, surgit, hébété, saignant, répugnant, dans le salon. Martial vient de tomber chez Diwenza à Quiberon avec un hôtel et lui doit une fortune. Il relève la tête du plateau de Monopoly, se précipite pour soutenir son père.

– Qu'est-ce qui s'est passé ?

– Un vieux con m'a percuté, grogne François, épuisé. Il n'a pas dû me voir dans le noir, je me suis cassé la gueule sur les rochers.

Les pâtissiers émergent de la cuisine. Servane ouvre de grands yeux, sent l'odeur du vomi et sort en courant dans le jardin où Diwenza la suit.

– Donne-moi des ciseaux, Noémie, ordonne Arthur qui a remarqué l'épaule déformée de son oncle.

Elle les lui apporte, il découpe le tee-shirt. La tête de l'humérus est sortie de la glène de l'omoplate.

– Luxation antérieure de l'épaule, commente Pierre.

– Fais gaffe, c'est hyper douloureux ! prévient François, affolé.

– Tu ne vas pas rester comme ça toute ta vie, objecte Pierre d'une voix calme. Tu as l'épaule luxée.

Il lui effleure la main avec douceur.

– Tu sens quand je te touche ? Ne regarde pas. Je touche quel doigt, là ?

– L'index. Maintenant le pouce.

Arthur palpe précautionneusement le bras de son oncle qui serre les dents, tétanisé.

– Il n'y a pas de fracture, sinon tu dégusterais plus que ça.

Il échange un regard avec son père.

– On la réduit par traction-contre-traction ?

– J'allais te le proposer.

Pierre se tourne vers son beau-frère.

– Tu as deux solutions. Soit on remet ton épaule en place ici, ça te fera mal parce qu'on n'a pas de sédatifs, mais ça durera quelques secondes et ce sera réglé. Soit on te la remet à l'hosto de Lorient, en face, en te donnant des analgésiques, tu ne sentiras rien, mais tu devras prendre l'hélico ou le canot.

François roule des yeux paniqués, cherche sa femme du regard, mais Servane est dans le jardin. Il est à la merci de Pierre et d'Arthur. Quelle connerie d'avoir voulu courir à la tombée du jour !

– Si j'étais toi, conseille Adeline à son gendre, je choisirais la première solution. J'ai vu Philippe remettre une épaule luxée, ça va très vite.

– Vous êtes sûrs de vous ? demande-t-il, à moitié convaincu, aux deux médecins de la famille.

– Affirmatif, répond Pierre avec un large sourire. Noémie, va chercher un drap.

– Grand ou petit ?

– Le premier que tu trouves.

Elle rapporte celui de la chambre du rez-de-chaussée.

– Le canapé est trop mou, estime Arthur.

– La table sera parfaite.

Clarisse sort chercher Servane.

– Si je peux être utile, n'hésitez pas, propose Adeline, nullement impressionnée.

– Je fais bouillir de l'eau ? propose Noémie.

– Il ne va pas accoucher, plaisante Arthur. On va juste remettre son os en place.

Ils aident le blessé à s'allonger sur la table, lui retirent ses baskets souillées. Arthur plie le drap en long, l'enroule autour du thorax de son oncle, en diagonale, en tenant ses extrémités. Clarisse revient avec Servane, très pâle. Elle jette un coup d'œil au spectacle, fait volte-face et se précipite à nouveau dehors.

– Ma sœur a eu raison de ne pas faire médecine, dit Pierre. Tu es prêt, Arthur ?

Au moment où son fils tire le drap vers le haut du côté sain pour maintenir le blessé, Pierre tire le bras mort de François à quarante-cinq degrés vers le bas latéralement pour libérer l'humérus. Il effectue ensuite une autre légère traction latérale sur la partie supérieure de l'os qui rentre sagement dans sa niche. François pousse un cri strident. Adeline frémit, Noémie grimace, Arthur et Pierre se regardent, soulagés, ça ne marche pas à tous les coups et

Pierre n'avait pas effectué cette manœuvre depuis longtemps.

– Tu peux te relever doucement, dit Pierre.

François s'exécute, soutenu par Arthur. Il mobilise son bras avec précaution, guette une douleur qui ne vient pas.

– Je n'ai plus mal, souffle-t-il avec ravissement.

– On a remis ton épaule en place. Tu feras une radio de contrôle à Paris, et je te déconseille le jogging, le tennis ou les sports violents pendant un moment. Ton épaule est fragilisée.

François a retrouvé ses couleurs.

– Personne n'a filmé ? Je ne pourrai même pas crâner devant ma femme ?

– Tu as été super courageux, papa, le félicite Martial.

Servane et Clarisse rentrent. Servane s'approche de lui, la mine désolée.

– Pardon François, je ne supporte pas le…

Elle recule, vire au vert.

– C'est vrai que tu schlingues, s'amuse Arthur.

François revient, propre et parfumé.

– Je vous dois une fière chandelle, dit-il avec reconnaissance. Quel imbécile, ce vieux croûton qui m'a bousculé. Il devait en tenir une bonne pour me laisser me démerder tout seul.

Pierre sourit à son beau-frère.

– Je n'ai jamais vu Philippe remettre une épaule, avoue Adeline, mais je voulais te rassurer François. Quant à vous deux, vous avez assuré, bravo, quel beau duo !

Plus tôt dans la journée, j'ai vu les trois jeunes monter l'échelle de corde pour atteindre leur cabane de pirate dans l'arbre. Les Saint-Jarme n'ont pas de chien, je ne risque pas d'être coursé par un doberman en pénétrant dans le jardin.

Je sors de ma poche le couteau sommelier qui ne me quitte pas, un élégant Laguiole avec tire-bouchon offert par ma femme au temps révolu du bonheur. Je me coule dans le noir sous la cabane. Je déplie la lame aiguisée. Et je scie patiemment la corde des deux côtés au niveau des échelons supérieurs, sans la couper entièrement, pour qu'elle se rompe sous le poids de qui y prendra appui.

Satisfait de mon ouvrage, je me fonds dans la nuit.

Je taquine le goujon.

Je m'amuse avant le bouquet final.

Moi aussi j'ai un cadeau d'anniversaire pour la mère des frères Saint-Jarme.

Cette nuit, Adeline a peu dormi. Aucune importance, elle se rattrapera à Paris dans son appartement avec vue sur les berges embouteillées. Elle y dort désormais dans un lit à une place, mais ce matin, dans son ancienne chambre de Ker Joie, elle a tendu machinalement la main vers le côté vide de Philippe.

La table du petit déjeuner est jonchée de miettes, de bols et de couteaux sales, et le beurre salé a des traces de confiture de fraise. Adeline sourit au spectacle familier, mord dans une tranche de *gwastell.* C'est la première fois que Servane et elle se retrouvent en tête à tête depuis la surprise Diwenza.

– Ils s'aiment, dit-elle.

– Si seulement ça pouvait suffire, soupire Servane.

– L'écouter m'a donné des frissons, elle est talentueuse.

– J'ai regardé sur Google, elle est connue dans les milieux jazzy, elle donne des concerts dans des clubs branchés, elle en vit.

– Ton fils aussi vit de son métier, il gagne plus que Philippe ou Pierre après dix ans d'études.

– Et beaucoup plus que son père à présent. Heureusement, j'ai mon cabinet.

– Je te trouve bien défaitiste et fatiguée. Belle, mais lasse, remarque Adeline.

– J'ai tenu mon mari à bout de bras pendant un an.

– Tu as épousé un chic type.

– François est un père merveilleux.

– Martial tiendra de lui, ajoute Adeline.

– Et moi ? réagit-elle au quart de tour. Je suis une mauvaise mère ?

– Bien sûr que non, arrête de ramener tout à toi. Ce n'est pas toi qui es enceinte, c'est la compagne de ton fils.

Servane a envie de se confier à sa mère, mais elle s'y refuse avant d'avoir parlé à son mari. Il était épuisé après sa chute hier soir, ce n'était pas le bon moment. Elle reprend du café pour cacher son trouble. François a été parfait avec Martial, c'est vrai. Présent et attentif, joueur mais ferme quand il le fallait. Les deux enfants à venir vont lui redonner la joie de vivre.

Alors que les Saint-Jarme arrivent devant l'église, un enfant tire son père par la manche.

– C'est lui qui a volé le vélo ! dit-il d'une petite voix claire.

François, le rouge au front, voit un colosse à la gueule pas aimable lui foncer dessus.

– C'est vous qui avez piqué le vélo de ma femme vendredi soir ?

– Pour qui me prenez-vous ? riposte François. J'ai vu un vélo par terre hier matin, je l'ai ramassé.

– C'est quoi cette embrouille ? gronde le type en foudroyant son fils du regard. Tu l'as bien vu le voler, oui ou non ?

– Bah il l'a rapporté, donc il l'avait pris avant, se défend l'enfant.

– C'est courant ici, les gens les empruntent puis les abandonnent n'importe où, dit François d'un ton blasé. J'ai ramassé ce vélo au milieu de la route. On ne m'y reprendra plus. Ne me remerciez pas, surtout.

– Désolé, c'est un malentendu, s'excuse le père.

Il s'éloigne en engueulant son fils tandis que Servane ne parvient plus à contenir son fou rire. François lui sourit tristement.

Cinq minutes avant le début de la messe, l'église est encore aux trois quarts vide. Adeline se dirige vers le premier rang à gauche, elle sait que la droite est réservée à la chorale paroissiale. Elle s'assied, encadrée par ses deux petits-fils. Même si l'île a changé en dix ans, l'église Saint-Tudy reste la même, avec ses ex-voto de bateaux qui se balancent au-dessus des fidèles.

– Vous avez été baptisés ici, comme vos parents, chuchote-t-elle à ses petits-enfants qui s'en fichent, mais hochent la tête.

Les bancs se remplissent à la dernière minute. Le nouveau recteur, qu'Adeline a contacté par téléphone, lit quelques annonces et s'emmêle les pinceaux en précisant que la messe d'aujourd'hui est dite « pour Paul Saint-Jarme et son fils Philippe ». Des murmures courent entre les rangs, on regarde Adeline qui, imperturbable, fixe l'ange de pierre derrière l'autel.

– C'est le contraire, dit Noémie d'une voix claire.

– Ah, euh, oui, pour Philippe Saint-Jarme et son père Paul, croit corriger le recteur.

Des rires ondulent en vagues dans l'assistance. La messe commence. Adeline la suit religieusement. François rêvasse. Servane a mal au cœur.

Pierre souffle à Clarisse :

– J'aurais tellement voulu pouvoir racheter Ker Joie.

Elle pose sa main sur le genou de son mari en murmurant :

– Ici et maintenant, profite de la joie d'être à Groix.

Après la communion, Martial et Diwenza se lèvent et se dirigent là où les créchoux montent chaque hiver la crèche géante de Noël. Ce matin, ils ont traversé le bourg jusqu'à la rue Pen Parc où un musicien contacté sur les réseaux sociaux groisillons leur a tendu un étui rigide éraflé.

Martial ramasse à ses pieds le saxophone Selmer prêté qu'il a placé là avant le début de la messe, l'embouche, commence à jouer. Adeline reconnaît l'intro et hoche la tête. La voix de Diwenza monte vers les cintres, fait vibrer les maquettes de bateaux.

– « Quand on n'a que l'amour, à s'offrir en partage, au jour du grand voyage, qu'est notre grand amour. »

François fixe Servane qui fuit son regard. Pierre fait du pied à Clarisse. Arthur se penche vers sa cousine.

– Drôle de choix pour une messe commémorative.

– Au contraire, pas besoin de requiem : on le sait qu'ils sont morts, on est là pour penser à eux, pas pour les enterrer.

Adeline écoute, ardente. Ils ignorent que Philippe l'a emmenée écouter le grand Jacques à l'Olympia en 1964. Elle était à peine plus âgée que Noémie, ils étaient assis sur des strapontins, se tenant la main dans l'obscurité.

À la fin de la messe, Adeline marche vers le présentoir des cierges, en allume un pour son mari et un pour son fils. Pierre en ajoute un troisième, pour Marthe et Zacharie.

Des Groisillons se rapprochent d'Adeline sur le parvis, évoquent le souvenir de Philippe avec amitié, par pudeur personne ne mentionne Paul.

– C'est bon de te revoir, *Co*, dit une insulaire. Merci pour la musique.

Co, comme camarade, amie, une note mélodieuse pour s'adresser aux gens auxquels on tient.

– C'est bon de revenir sur le caillou, approuve Adeline.

– Comme ils ont grandi, tes *chicouf* !

Les petits-enfants – « chic » quand ils arrivent, « ouf » quand ils repartent – sourient en entendant l'expression.

– On a lu le journal, bon anniversaire ! T'as pas changé, *dam*. Et la maison du *peupé* est revendue ? T'as pas su qui l'a achetée ?

Adeline secoue la tête. Elle charge Pierre de remercier le recteur en son nom et lui tend l'enveloppe où elle a glissé un billet. Puis, pleine d'espoir, elle envoie Noémie chez le verrier.

Assis au dernier rang de l'église, j'ai eu un choc en entendant le recteur évoquer la mort du docteur et de son fils. Ce n'est pas Paul que j'ai éjecté du chemin hier soir ? C'était qui, alors ?

Philippe et Paul sont à l'abri de ma vengeance. Restent la vieille, Pierre, la sœur. Et, j'en tremble d'excitation, les enfants des frères, s'ils ont engrossé une femme et engendré des gosses. Qui sont les parents des trois petits-enfants d'Adeline Saint-Jarme ?

La chance me sourit. La plus jeune de la famille quitte les autres.

Je lui emboîte le pas, vieil homme inoffensif.

Elle marche jusqu'à l'atelier du verrier devant le collège, y entre. Je m'arrête au seuil de la porte.

– Je vous attendais, lui dit l'artisan.

Il lui tend un sac en plastique rempli de sachets. La gamine règle la facture, le remercie chaleureusement d'avoir fait si vite.

– C'est important pour ma grand-mère.

– Je me souviens bien d'elle, mais vous, vous avez changé !

L'artisan m'aperçoit.

– Bonjour monsieur, entrez.

– Pardon, je cherche un cadeau pour ma petite-fille.

– Vous trouverez votre bonheur ici, m'assure la gamine.

J'ai surtout trouvé mon malheur dans cette fichue île.

– Je vous reconnais, dis-je, vous étiez dans le journal hier. Vous êtes une Saint-Jarme ?

– Tout à fait, je m'appelle Noémie.

– Vous êtes la fille de Pierre, ou de Paul ?

– De Paul.

Mon sourire s'élargit, découvrant mes dents.

– J'ai connu votre père et votre oncle il y a longtemps, quand ils étaient plus jeunes que vous.

J'ai réussi mon coup, elle s'intéresse à moi.

– Mon père ado ? Il était comment ?

– Irrévérencieux, mal coiffé, mais très sympathique. Vous lui ressemblez, dis-je pour gagner sa confiance.

Je balaie du regard les objets exposés, m'attarde sur une plume de verre dont le corps contient un liquide transparent.

– Un stylo à l'encre d'océan créé pour le livre d'une amie romancière, explique l'artisan. Nous écrivons tous nos vies à l'encre invisible pour la réinventer chaque matin. Vous avez lu *Océan mer* d'Alessandro Baricco ?

Je secoue la tête.

– Bon, j'y vais, je ne veux pas arriver en retard au déjeuner d'anniversaire de ma grand-mère. Merci encore.

Elle se tourne vers moi.

– Prenez un stylo à l'encre d'océan pour votre petite-fille, je suis sûre que ça lui plaira.

La gamine s'en va, casque sur les oreilles. Je la laisse prendre de l'avance.

Elle s'arrête à une intersection pour laisser passer une voiture qui se profile au loin, bat la mesure du pied. Elle ne m'a pas entendu me faufiler derrière elle, ne se méfie pas. Je vais la pousser sous les roues au dernier moment. Si elle a de la chance, elle s'en sortira vivante, mais handicapée.

– Ohé, Noémie ! Ohé !

Un petit blond la hèle, son frère ou son cousin. Il la rejoint et la fait sursauter. Sauvée par le gong. La voiture s'éloigne, alors que s'évanouit ma vision de la fille de Paul Saint-Jarme en fauteuil roulant. Je n'ai pas su protéger mon propre enfant autrefois. Tout à l'heure, plus rien ne se mettra en travers de ma route.

Doug Connor a finalement décidé de se rendre à Groix. Il a dormi dans le ferry entre Cork et Roscoff, roulé vers le sud de la Bretagne, embarqué à Lorient. Installé en ce dimanche matin dans le salon du bateau qui vogue vers l'île, il palpe à travers sa poche son sauf-conduit, le projet d'acte de vente que maître Maraton lui a envoyé.

Pendant les cinquante minutes de traversée, il écoute en boucle Diana Ross chanter *Ain't No Mountain High Enough*. Il n'y a pas de montagne assez haute, pas de vallée assez basse, pas de rivière assez large pour me garder de toi. Groix se profile au loin. La maison où il sera bientôt chez lui surplombe le port.

La corne du bateau retentit tandis que le bâtiment manœuvre pour accoster. L'endroit grouille de voiliers, de bateaux à moteur, de semi-rigides, d'annexes, de voitures, d'hommes et de chiens.

Il y a eu une petite complication. Doug, qui ne sera pas l'unique propriétaire de Ker Robert, pensait naïvement pouvoir régler les formalités d'achat seul, mais c'est impossible. Ils devront se présenter à deux à l'étude, pour l'acte authentique. Il a eu beau plaider sa cause, le notaire est resté inébranlable.

– L'argent est disponible, nous serons en indivision par moitié, tout est clair ! Il n'y a aucun moyen de contourner ce règlement absurde ?

– Non.

Déçu, il s'est confié à son ami Vincent qui, pour lui changer les idées, l'a incité à aller sur place s'imprégner des lieux. Alors il a préparé son sac et entrepris ce périple.

La famille entière a mis la main à la pâte pour confectionner Les Alliés et Le Débrouillard. La table est décorée, nappe en papier doré et serviettes d'anniversaire. Adeline trône à la place d'honneur, le fumet des moules au roquefort emplit la maison.

L'adieu officiel à son fils est autant un soulagement qu'une souffrance. Elle comptait passer au cimetière rendre visite à Philippe après la messe, mais elle préfère y aller en fin de journée quand la tension sera retombée. Elle remarque soudain que Pen-ar-Bed ne tourne plus dans sa maison ronde sur la cheminée.

– Où est le poisson ?

– Il a déménagé.

Elle n'a pas mis ses lunettes par coquetterie, distingue des formes blanches au fond du récipient de verre.

– C'est un bocal à émotions, Mammig. On t'expliquera au dessert.

Le déjeuner est joyeux et convivial. Ils dévorent les moules avec gourmandise et saucent leurs assiettes jusqu'à la dernière goutte. Servane raconte que lors de son premier dîner avec François, ils avaient mangé des moules marinières et qu'il avait utilisé sa fourchette.

– Mais non ? se moque Pierre.

– Si, il voulait faire bonne figure !

– Les Saint-Jarme impressionnent au début, compatit Clarisse.

Elle s'est toujours bien entendue avec son beau-frère, surtout à Groix où elle perdait parfois pied devant la force du clan. Le parfum des gâteaux qui cuisent les enveloppe de douceur. Comme la veille, le plateau de fromages est liquidé. On change les assiettes, on apporte les gâteaux, l'un piqué d'une bougie 8, l'autre d'une bougie 0. Adeline les souffle devant une haie de portables brandis pour la photographier. Puis elle se tourne vers le bocal.

– Alors ?

Arthur se lève, va chercher la maison du poisson. Des papiers pliés y sont déposés.

– Plonge la main et choisis, Mammig !

Elle s'exécute.

– Le *choixpeau magique* va t'envoyer à Gryffondor, déclare Martial.

C'est son papier qu'Adeline a pioché en premier. Son petit-fils a écrit en majuscules pour faciliter sa lecture, mais c'est quand même petit. Fils de sa fille unique avec laquelle elle s'entrechoque depuis toujours, il a été un enfant espiègle, souvent dans la lune. Pourtant, il sera père avant le docte docteur Arthur. Après la vente de Ker Joie, Adeline les a invités à tour de rôle à déjeuner en tête à tête avec elle, loin de leurs parents et sans leur cousine. Martial lui parlait des filles dont il tombait amoureux, les décrivait, s'enflammait, les comparait à des notes de musique. Il n'aimait ni la lecture ni le sport, ne rêvait que rythmes et mélodies.

– Lis tout haut ! l'encourage Noémie.

Adeline se lance :

– « Mon plus beau souvenir avec toi, Mammig, c'est quand tu m'as emmené à mon premier concert, j'avais sept ans. J'ai eu l'impression de flotter au-dessus de la salle, c'était magique. Une femme noire chantait *Sodade* sur la scène, pieds nus, à côté d'un homme qui jouait du saxo. C'était Cesaria Evora. Tu m'as offert la musique, Mammig. Après mes parents m'ont engueulé comme du poisson pourri à cause de toi. »

Martial sourit.

– C'était si envoûtant, aucun joint ne m'a fait autant d'effet depuis, ni aucune femme… sauf Diwenza ! Quand tu m'as déposé à la maison après le concert, j'ai annoncé que j'arrêtais l'école pour faire de la musique. Tu aurais vu la tête de maman ! Papa, plus diplomate, a fait un pacte avec moi : si mes notes s'amélioraient, ils m'offriraient des cours de saxo. Je me suis mis à bosser. Chaque fois que je joue, je te tire mon chapeau invisible, Mammig.

Adeline, chamboulée, regrette un instant les plaids et les châles, moins chavirants.

– Si vous continuez, je vais me liquéfier et je déteste ça.

– Ouvre un autre papier, la presse Servane.

Elle reconnaît l'écriture de sa petite-fille. Elle s'en veut de la préférer aux autres, mais on ne choisit pas, et puis elle a le cœur assez grand pour les contenir tous. Noémie a été une enfant silencieuse, plongée dans ses livres, réfugiée dans la cabane de pirate. Adeline l'a inscrite à des activités pour qu'elle se fasse des copains, mais ça l'ennuyait. La première fois qu'elle est tombée amoureuse d'un garçon de sa classe, à dix ans, elle a téléphoné au 15 en disant au médecin régulateur qu'elle se sentait bizarre. Quand elle a grandi, Adeline s'est trouvée dépassée et a demandé à Servane de lui parler de sexualité, mais Noémie savait déjà tout grâce aux livres. Elle est allée seule à sa première consultation de gynéco. Elle était raide dingue du jeune étudiant qui lui donnait des cours de rattrapage en maths, elle l'aurait suivi au bout du monde. Heureusement, il n'était pas du tout intéressé.

– « Mammig, mon plus beau souvenir se conjugue au pluriel, c'est nos déjeuners chaque dimanche, pas un plus que les autres. On ressemble à une famille normale, on mange aussi bien que dans un restau étoilé, on joue au Yam's ou au Scrabble, je triche un peu – je relance les dés une quatrième fois ou je change toutes mes lettres –, et tu fais semblant de ne pas t'en apercevoir. Je t'aime comme tu es, à tous les temps qu'on partage. C'est aussi simple que ça. »

– C'est un supplice ? Vous vous êtes donné le mot pour me faire craquer ? Et en plus tu triches, c'est pour ça que tu gagnes ?

– Un jour, se rappelle Noémie, tu m'as dit de ne jamais reculer, d'oser, de vivre à fond les ballons, quitte à me tromper ou à sortir des clous. Je m'y emploie, Mammig. Et aussi qu'on pouvait être vertigineux d'amour. Là-dessus, tu es plus au point que moi.

– Au papier suivant ! s'exclame Arthur.

Adeline pioche un autre papier. À quinze ans, Pierre a changé d'écriture pour adopter celle de son père, il aurait pu être un faussaire talentueux. L'illusion est parfaite, elle a toujours un choc quand il lui envoie une lettre.

– « Maman, notre plus beau souvenir commun c'est le jour où j'ai présenté ma thèse à la fac de médecine. Papa n'est pas venu, il m'avait dit : "Ce n'est qu'une formalité, l'essentiel est ailleurs. Mon père non plus n'a pas assisté à la mienne." Toi, tu étais là, assise à côté de Clarisse, j'étais mort de trouille, mais je fanfaronnais. Après, on est allés Au chien qui fume au coin de l'hôpital et tu as commandé une bouteille de champagne. On a trinqué à la médecine, à la vie, à l'amour. Tu m'as dit des choses merveilleuses, mais j'étais pompette, l'adrénaline retombait, je les ai oubliées. Ils étaient si beaux pourtant, tes mots dont je ne me souviens plus. Je te remercie de les avoir prononcés. »

Elle repose le papier.

– On va faire une pause et savourer les desserts, toutes ces émotions me donnent faim.

Paul Saint-Jarme a débarqué du bateau avec une excitation mêlée d'appréhension. Il n'a pas vu sa mère depuis vingt ans. Est-ce qu'elle a encore toute sa tête ? En montant la rue Stéphant, il résiste à la tentation de tourner à gauche vers Ker Joie, trace droit sur le cimetière où il cherche la tombe de son père.

Il finit par la trouver : une pierre simple, sombre, avec son nom et une citation d'André Malraux gravée sur une plaque : « Car il n'est qu'un acte sur lequel ne prévalent ni la négligence des constellations ni le murmure éternel des fleuves, c'est celui par lequel l'homme arrache quelque chose à la mort. »

Il reste debout, les pieds ancrés sur cette terre plantée au milieu de l'océan. L'esprit vide, le corps contracté.

– *Me zo deit endro*, murmure-t-il. Je suis revenu.

Il lui faut un certain temps pour remarquer que la dalle est couverte de cailloux. Les Saint-Jarme sont catholiques mais Mandy était juive, elle déposait des cailloux sur la tombe de ses parents pour les honorer. Quelqu'un – serait-ce

Noémie ? – a perpétué cette tradition. L'angle supérieur de la stèle est brisée par les tempêtes de l'hiver. La cassure lui donne l'aspect d'une voile.

Une Groisillonne venue fleurir un défunt le dépasse, ployant sous le poids d'un arrosoir plein. Il se souvient d'elle, l'aide. Ado, il ressemblait à son frère et à leur père, mais les années, le deuil et son exil forcé l'ont aiguisé, émacié. Et sans sa tignasse, les insulaires ont peu de chances de le reconnaître.

Il poursuit son pèlerinage en marchant vers le Trou de l'enfer sur la côte sauvage. Le docteur Marie-Antoinette Gavet, résistante pendant la seconde guerre mondiale, y vivait autrefois à Ker Béthanie, dans un vallon à soixante mètres de la côte. Sillonnant l'île dans sa Jeep, elle a, en trente ans, fait naître des centaines de bébés groisillons. Après sa mort, la maison a été squattée par Paul et ses amis, puis Mandy les a rejoints.

Vingt ans après, il lui suffit de fermer les yeux pour la revoir, souple et gracieuse, dansant devant la cheminée, disposant des assiettes colorées sur la table à tréteaux face au grand large. Quand il l'enlaçait, il étreignait la joie, ses cheveux avaient un parfum de menthe, sa bouche de framboise, elle était sa planète, son socle, sa poutre maîtresse. Il s'immobilise au bord de la route, si douloureusement conscient de son absence que ses bras se referment sur le vide. Il continue vers ce que les Groisillons appelaient la « maison du docteur », ignorant qu'il y a dix ans, le tribunal administratif de Rennes a fait appliquer le droit de propriété du conservatoire du littoral. Un arrêté d'insalubrité a été déposé, les bâtiments ont été démontés. Il n'y a plus rien qu'un vallon sauvage dont l'histoire est effacée par la lande, les fleurs, les buissons, les lapins, les oiseaux et les insectes. Des nuits scintillantes et de la certitude du bonheur, il ne reste que Noémie.

Il arrive à Ker Béthanie, croit s'être trompé, revient sur ses pas, accuse sa mémoire. Il retourne au village de Créhal, questionne le premier passant, qui lui apprend qu'elle a été rasée. Paul tremble. Il pense à la chanson fétiche de Mandy, *Nothing compares 2 U* de Sinéad O'Connor. « *It's been so lonely without you here.* » Peut-on reconstruire sur les décombres ?

Les épaules basses, les yeux rivés au sol, il traverse le village, croise un homme aux cheveux blancs qui promène son chien. Paul ne résiste pas, s'arrête pour caresser l'épagneul breton.

– Il s'appelle comment ?

– Bleizou, répond l'homme. Il a dix ans.

– J'ai un setter de neuf ans, dit Paul.

Quand deux personnes se rencontrent, elles ne disent pas leur âge. Quand deux maîtres de chiens se parlent, ils posent ce repère dans le temps. Ils se sourient, unis par un lien tacite.

– Moi aussi, je vis dans une île, ajoute Paul.

– Combien d'habitants à l'année ? demande le Groisillon.

– Mille deux cent quarante-cinq.

– Nous deux mille trois cents ici, l'hiver.

– Bonne promenade, souhaite Paul à l'homme et au chien.

Il reprend sa marche vers le bourg. S'arrête un peu plus loin parce qu'un caillou tranchant s'est planté dans sa semelle. Le déloge avec l'Opinel gravé à ses initiales que lui a offert son père pour ses quinze ans. Puis il descend vers Ker Joie parce qu'il est temps, en fredonnant une vieille chanson de Maxime Leforestier : « C'est une maison bleue, accrochée à ma mémoire, on y vient à pied, on ne frappe pas, ceux qui vivent là, ont jeté la clef… »

Il reste une dernière part de gâteau que personne n'ose finir. Adeline pioche un papier blanc à carreaux bleus. Elle sourit à l'aîné de ses petits-enfants.

– Tu as vraiment une écriture de docteur, lui dit-elle. « Mon plus beau souvenir, Mammig, c'est quand tu m'as emmené au zoo de Thoiry et qu'on s'est promenés au milieu des bêtes sauvages. J'ai toujours préféré les animaux aux hommes. Tu te rappelles de nos balades avec Enez 4 et Pen-Du 5 sur les sentiers côtiers, les baignades, les soirées sur le canapé ? Tadig voulait qu'ils restent en bas la nuit, mais on descendait les chercher pour qu'ils dorment avec nous au grenier. Je voulais t'offrir un chiot pour ton anniversaire, mais tu aurais refusé en prétextant ton âge. Alors je te propose un deal : tu adoptes un chien adulte et je m'engage solennellement à le récupérer si un jour tu ne peux plus t'en occuper. Pense truffe, odeur de chien mouillé, poils partout, pattes boueuses sur le canapé, regard irrésistible, crottes à ramasser, tendresse illimitée. Un chien t'attend quelque part, Mammig. Bon anniversaire. »

Elle secoue la tête.

– C'est adorable, mais impossible.

– Tadig disait : « Impossible n'est pas Saint-Jarme. » Tu te promènes chaque matin une heure, sauf que là vous serez deux. Un jour Noémie partira, tu sais ?

Le cœur d'Adeline se serre, elle s'y prépare depuis vingt ans.

– Ta grand-mère t'a dit non, intervient Pierre. Et tu ne peux pas t'engager à t'en occuper avec tes gardes, les remplacements, les séminaires, tu seras toujours sur le pont.

– Réfléchis, Mammig, insiste Arthur.

– Mon pauvre ami, tu n'as aucune idée de l'existence que tu vas mener, s'énerve Pierre.

– J'ai vingt-cinq ans, papa. Je suis assez grand pour prendre mes propres décisions. Et je suis ton fils, pas ton ami.

– C'est n'importe quoi !

Arthur est à bout, il rassemble son courage puis balance sa bombe :

– Arrête de parler à ma place ! Je laisse tomber la médecine pendant un an, que ça te plaise ou non. Je rends mon tablier, provisoirement ou définitivement.

Il se tourne aussitôt vers sa grand-mère.

– Désolé, Mammig, je déroge à la tradition.

– On a eu des ribambelles de médecins dans la famille, mais un seul Arthur, dit-elle avec tendresse.

Pierre est furax.

– Tu déconnes complètement ! Tu as fumé la moquette ?

– J'ai besoin d'air. Au lieu de rester confiné en réa ou au bloc, je vais travailler comme soigneur dans un zoo, ouvrir les cages des animaux sauvages chaque matin. Et surtout ne plus voir d'humains malades.

– Tu as besoin de repos surtout ! Et de soutien, je connais une psy extraordinaire…

– Je ne suis pas en train de débloquer mais de m'écouter pour une fois. Je préfère donner des choux aux okapis plutôt que prendre des psychotropes.

Pierre, écarlate, élève la voix :

– Tu es affligeant de sottise. Achète-toi une tortue ou un lapin, tu as passé l'âge du *Livre de la jungle*. À quarante ans, tu nettoieras la merde des éléphants et tu lanceras des poissons aux phoques ?

En plaquant la médecine, même un an, son fils le désavoue. Pierre a suivi avec docilité les pas de son père et de son grand-père. Il a opté pour un exercice libéral plutôt que l'hôpital parce qu'il aimait suivre ses patients au quotidien, voir leurs familles s'agrandir, être leur docteur P., trouver son équilibre dans leur gratitude. Son fils a préféré l'hôpital, l'anonymat, se fondre dans la masse.

– Tu veux jouer les docteur Dolittle ? éructe Pierre. Alors deviens véto, il y a sûrement moyen de trouver une passerelle ?

– J'ai envie de côtoyer des panthères et des pingouins en bonne santé, papa. J'ai épuisé mon capital souffrance pour un bon moment. La médecine c'est comme un roman policier : on a une victime, le malade, des indices, les symptômes, un méchant, la pathologie. Maintenant j'ai envie de romans *feel good*, qui font du bien.

Si Pierre n'avait pas lui-même craqué, il traiterait son fils de mauviette. Arthur lui tient tête.

– Ton copain le doyen a entendu mes arguments. Bourgeois aussi, ils ont été très compréhensifs, ajoute-t-il. Ils me gardent ma place un an, si je souhaite revenir.

Le ciel s'écroule sur la tête de Pierre. Mauvais frère, mauvais fils, mauvais médecin, et maintenant mauvais père, c'est la goutte d'eau qui fait déborder le vase.

– Bourgeois a deux filles brillantissimes, une avocate et une cavalière, quand au fils du doyen il vient de réussir l'internat. Eux, ils ont de la chance avec leurs enfants ! Si tu arrêtes, tu ne reviendras jamais. Tu me fais honte, et tu aurais infiniment déçu ton grand-père !

Arthur ne plie pas sous le chantage.

– Qu'est-ce que tu en sais ?

– Je crois que notre fils a mûrement réfléchi, ose Clarissc.

Pierre la foudroie du regard.

– On ne va pas le laisser foutre en l'air son avenir !

– Je vous en parle parce que je vous aime, mais je ne te demande pas ton avis, précise Arthur.

– Ton grand-père n'aurait sûrement pas été déçu, s'interpose Adeline. Les médecins sauvent des vies, mais les gens qui peignent les passages protégés aussi, et les boulangers dont le pain nous nourrit ! Philippe l'a toujours pensé.

Pierre frémit.

– Tu n'es pas sérieuse, maman ?

– Oh que si !

Pierre sort fumer et se consumer de rage.

– Il se calmera, assure Clarisse. Laissons-lui le temps.

– Ton père s'est senti obligé de suivre les traces du sien, il ne s'est pas demandé si ça lui plaisait, explique Adeline à Arthur. Des événements passés que vous ignorez ne lui ont pas laissé le choix.

– Quels événements ?

– Paul a eu un accident de vélo ici autrefois, avec une jeune fille sur son porte-bagages. Ils sortaient de chez Beudeff, ils allaient trop vite et sont tombés, la jeune fille a été grièvement blessée. Pierre s'est senti responsable. Soigner les autres, c'est sa façon de réparer.

Servane sait que cette version comporte de nombreuses inexactitudes. Mais avec Pierre, ils sont les seuls à connaître la vérité.

Pierre, dix-huit ans, a foncé droit sur Paul, seize ans, et Pivoine. Le choc a été violent. Pierre est retombé sur la terre meuble du bas-côté. Paul a été éjecté dans le fossé. Pivoine a atterri sur la route, elle ne bouge plus. Le silence est total pendant deux secondes.

Quel con ! hurle Paul en se relevant péniblement.

Pierre, affolé, se relève et court vers la jeune fille inanimée dont le visage est en sang.

– Pivoine, réponds ! Mais qu'est-ce que j'ai fait bordel ? Qu'est-ce qui m'a pris ?

Paul boîte vers eux, se penche à son tour vers l'adolescente inconsciente et ensanglantée.

– Il faut aller chercher du secours ! Vite ! Va frapper aux maisons.

– Tout le monde dort, répond Pierre, paniqué.

– On s'en fout ! Réveille-les.

Pierre se précipite vers une maison dont une fenêtre est éclairée, tambourine à la porte. La fenêtre s'ouvre. Il crie :

– On a eu un accident ! Aidez-nous !

Ensuite, tout va très vite. L'homme appelle les pompiers qui contactent le médecin de garde. Le camion rouge déboule, suivi par la voiture du docteur. On s'affaire autour de Pivoine, on prévient les parents, qui arrivent livides, frissonnant dans la nuit.

– Qu'est-ce que vous avez fichu, bon Dieu ? se lamente le père. Vous étiez ivres ? Drogués ? Ma fille est grièvement blessée par votre faute, je vais vous écraser comme les vermines que vous êtes !

Paul, tremblant, ne répond pas. Pierre s'avance.

– C'est ma faute.

– Je m'en fous, dégagez de là avant que je décide de le faire maintenant ! rugit le père, fou de rage et de douleur.

Le lendemain, on ne parle que de ça dans l'île : une adolescente est entre la vie et la mort au Scorff après un accident de vélo. On ignore si Pivoine en réchappera, et si oui, dans quel état. Philippe prend langue avec ses confrères de Lorient, le bilan est lourd : traumatisme crânien, fracas facial. Il ne répète rien à ses fils.

Paul et Pierre sont consignés à Ker Joie, plus question de plage, ni de balades, ni de Beudeff. Pierre est mutique et furieux, Paul profondément choqué. Il reste allongé sur son lit, le visage tourné vers le mur, tandis que son aîné s'agite comme un lion en cage. Ils s'en tirent à bon compte avec des ecchymoses et une petite coupure au front de l'aîné.

– Tu es un vrai connard, lance Paul à son frère le troisième matin.

– Tu m'as provoqué, tu savais comment je réagirais, j'ai sauvé l'honneur, riposte Pierre.

– Pivoine ne t'appartenait pas, elle était libre de partir avec celui qu'elle voulait. Si elle meurt ou si elle est handicapée, comment on pourra vivre avec ce poids ?

– Tu n'avais pas le droit ! rugit Pierre.

Servane, la benjamine qui d'habitude s'efface devant eux, leur demande pourquoi ils sont tombés. Pierre se plonge dans un roman. Paul fixe le mur. Servane part à la plage.

Quand elle revient, en fin d'après-midi, ses frères n'ont pas bougé. Leur père travaille à Paris l'été, il n'est là que les week-ends. Paul refuse de descendre dîner. Adeline prépare un plateau qu'elle lui monte, mais il y touche à peine.

Tout le monde se couche. Les garçons dorment d'un côté du grenier, séparés de leur sœur par un grand paravent. Servane est réveillée par un bruit étrange. Paul gémit. Elle s'approche de lui.

– Tu as fait un cauchemar ?

– J'ai mal au ventre depuis que je suis tombé, avoue son frère. Je serrais les dents, mais là ça devient insupportable.

Servane lui colle la lumière de sa lampe de poche dans les yeux. Il a des cernes violets, le front en sueur, il est aussi blanc que les draps.

– Je vais prévenir maman.

– Non ! Ça va passer.

– Va te recoucher Servane, ordonne Pierre. Moi j'ai mal au dos et je n'en fais pas un fromage. Fermez vos gueules.

Servane ne plie pas et suit son instinct :

– Je vais chercher maman.

Pierre jaillit de son lit et l'empoigne. Paul, appuyé sur un coude, tente vainement de se lever.

– Je te lâche si tu me promets de te tenir tranquille, dit Pierre à Servane.

– Je... promets..., halète sa sœur, le souffle coupé.

Alors seulement, Pierre desserre son étreinte.

– On se rendort. Fin de la récréation.

Servane fait mine de retourner se coucher, puis pivote et se rue dans l'escalier qu'elle dévale. La maison tremble sous la cavalcade. Adeline jaillit de sa chambre en chemise de nuit, affolée.

– Qu'est-ce qu'il y a encore ?

– C'est Paul, il n'a pas voulu se plaindre, mais il a mal au ventre depuis l'autre soir. Je crois que c'est grave.

– Et votre père qui n'est pas là, se lamente Adeline.

Elle monte, écarquille les yeux en voyant l'état de son fils, redescend téléphoner à son mari et lui décrit leur cadet :

– Il est blême, en sueur, il n'a plus de forces et il a mal à gauche de l'abdomen.

Le sang de Philippe ne fait qu'un tour. Chute à J3, douleur dans l'hypochondre gauche, pâleur, probable saignement à bas bruit. Il n'y a pas une seconde à perdre.

– Ça ressemble à une rupture de rate, une urgence chirurgicale vitale, il doit avoir la tension dans les chaussettes.

La fin de la nuit est peuplée de crissements de freins et de portières claquées, de la voix des hommes du canot qui transportent Paul à Lorient où on l'emmène directement au bloc. Rupture de rate en deux temps sur un hématome sous-capsulaire, son père a posé le bon diagnostic. Paul est opéré en urgence, son état nécessite une transfusion sanguine, il s'en sort, mais c'était limite. Si Servane n'avait pas donné l'alerte, Paul serait mort d'une hémorragie interne.

Le silence est retombé sur Ker Joie. Pierre s'en veut, il en veut au monde entier, à la rate de Paul, aux seins de Pivoine. Son père et celui de la jeune fille ne lui pardonneront jamais.

Le lendemain, l'île bruisse de nouvelles rumeurs, on a vu le canot sortir puis rentrer.

– T'as pas su, un des fils Saint-Jarme a une fracture de la rate !

– Oh porkere, *il va courir comme un dératé !*

– On dit que c'est son père qui l'a opéré.

– Pas possible, Co, *il travaille à Paris.*

Le père de Pivoine porte plainte. Philippe Saint-Jarme a adressé la blessée au meilleur chirurgien maxillo-facial et à un ponte de la chirurgie ophtalmo, il règle ses frais médicaux. Quand Paul revient, amaigri, son père le convoque avec son frère pour entendre de leurs bouches le récit de la nuit dramatique.

– Comment avez-vous fait, bougres d'imbéciles ? Vous rouliez avec cette jeune fille sur le porte-bagages ? Elle était sur le vélo de qui ?

– Le mien, répond Paul.

– Et toi, l'aîné, tu n'as pas empêché ton petit frère de se conduire comme un irresponsable ?

Pierre s'apprête à tout révéler, mais Paul est plus rapide. Leur père est un homme juste, mais il préfère Paul, comme la plupart des gens. Pierre est sérieux, matheux, coincé, premier de la classe. Paul est charmant, il a un sourire irrésistible, il écrit des poèmes. Pierre, légalement majeur, serait pénalement responsable de l'accident, contrairement à Paul.

– C'est de ma faute, papa. Pierre est arrivé par un autre chemin. Je n'ai pas vu le trou sur la route dans le noir. Ma roue s'est bloquée dedans et on est tombés.

– Tu as bousillé la vie de cette petite.

– Je suis aussi fautif, avoue Pierre.

– Je ne vois pas pourquoi, si elle était avec ton frère. Comment as-tu fait ton compte pour te blesser au front ?

– Il nous a percutés dans le noir alors qu'on venait de tomber. Comment va Pivoine ? s'inquiète Paul.

– Mal. Débarrassez le plancher. Maintenant !

Les deux garçons quittent le bureau, la tête basse.

– Merci de m'avoir couvert, souffle Pierre. Papa ne m'aime pas.

– Tu as agi comme un fou orgueilleux. J'ai failli mourir, et Pivoine n'est pas encore sortie d'affaire.

À partir de ce jour, Paul et Pierre donnent le change en public. Pour leurs parents et la galerie, ils sont réconciliés. Servane est la seule à savoir que ses frères sont irrémédiablement fâchés. Elle les entend s'engueuler la nuit, elle comprend qu'ils ont menti, que Pierre a provoqué l'accident, que Paul s'est accusé à tort.

Pivoine subit plusieurs interventions chirurgicales. Paul lui envoie des lettres par l'intermédiaire de l'avocat de son père. Pivoine n'a jamais répondu.

Cette soirée d'été a marqué les quatre adolescents au fer rouge. Pierre, inscrit en fac de médecine, n'aura plus qu'une obsession, réparer les vivants. Paul aura découvert à seize ans que tout peut s'arrêter du jour au lendemain. Pivoine ne sera plus jamais la même. Servane apprendra à garder un secret et ne pourra plus faire confiance à Pierre.

Trente-sept ans plus tard, Adeline ignore encore la vérité.

Doug Connor avance à grandes enjambées comme le *Bon Gros Géant* de Roald Dahl qui soufflait des rêves aux oreilles des enfants la nuit. Il a pris le pouls de Groix depuis qu'il a débarqué, rencontré des insulaires, croisé des touristes, arpenté le caillou. Il se dirige maintenant vers sa future propriété. L'emplacement est idéal, juste au-dessus du port, pas besoin de voiture, une sentinelle marine tournée vers le grouillement de la vie. Il dépasse de vieilles demeures qui ont essuyé des tempêtes et des constructions neuves qui n'ont pas encore d'âme. Un chat noir aux pattes avant blanches le suit un moment, se calant sur son rythme, puis soudain l'abandonne et se coule dans un jardin.

La façade de Ker Robert apparaît au loin, telle que sur la vidéo prise par le drone de l'agence. Doug Connor ralentit. Le projet d'acte notarial déforme sa poche. Le nom de la maison est inscrit sur une plaque de lave décorée d'un phare entouré de goélands, scellée dans un pilier à l'extrémité du muret de pierres sèches. La composition est belle, le dessin délicat.

Doug consulte sa montre. Les anciens propriétaires qui ont loué la maison doivent avoir fini de déjeuner, ils en sont sans doute au café. Il arrive les mains vides, il aurait pu acheter des fleurs pour la grand-mère dont on fête les quatre-vingts printemps.

Paul Saint-Jarme marche vers Ker Joie. Il va revoir sa mère et découvrir sa fille autrement que sur écran. Il a visionné cent fois l'interview YouTube où elle parle de l'association qui rapatrie les enfants malades et de son atelier d'écriture. Il pourrait la réciter les yeux fermés.

« Noémie Saint-Jarme, vous ne connaissez pas ces enfants, pourquoi leur consacrez-vous autant de temps ?

– Parce qu'ils sont loin de chez eux et de leurs parents, ils ont besoin de rire et de légèreté, on n'a pas besoin d'être chirurgien cardiaque pour leur donner ça.

– Et qu'est-ce qui vous a donné envie de vous lancer dans l'aventure des ateliers avec les bénévoles alors que vous n'êtes pas romancière ?

– Je suis lectrice, j'aime les livres, les émotions, le partage. Mon père écrivait des poèmes que ma mère déclamait. J'ai toujours considéré les mots comme nos alliés, nos complices, ils nous aident à remonter des gouffres, ils crachent nos peurs et brillent de nos joies.

– Quels thèmes proposez-vous dans votre atelier ?

– Il n'y a aucun filtre, aucun tabou. En général, lors de la première réunion, ils écrivent sur leurs vacances d'enfance, leur point d'ancrage. Ils racontent leur maison de famille ou celle qu'ils auraient choisie.

– Vous, par exemple, vous alliez où ? »

Noémie hésite, un nuage passe sur son visage.

« Sur une île bretonne. Je n'ai presque pas connu mes parents, alors je me sentais proche d'eux, là-bas. Mais il ne s'agit pas de moi ! Nos bénévoles ont une imagination débordante, je suis scotchée par leurs textes. »

Pour sa fille de vingt ans, Paul est un inconnu, un fantôme. Sa mère Adeline sera heureuse de le savoir en vie. Mais Noémie lui pardonnera-t-elle toutes ces années sans lui ? Et comment lui avouer la vérité ? Il n'est pas revenu pour mentir. Quelle que soit la façon dont il s'y prendra, il devra lui dire qu'il a tué sa mère.

Le papier suivant est déplié. Adeline reconnaît l'écriture de François qui n'a jamais réussi à la tutoyer. Elle lit :

– « Mon plus beau souvenir avec vous, c'est ce dîner illégal qu'on a fait dans l'arrière-salle de mon bistrot en plein confinement. »

– Heureusement que papa fume dehors, s'esclaffe Arthur.

– « Vous dépérissiez dans votre appartement, surveillée par vos enfants comme du lait sur le feu. Je suis venu vous chercher discrètement un soir en voiture en prenant les précautions qui s'imposaient. J'ai dressé nos couverts aux deux extrémités de la salle, j'avais allumé des bougies partout. Mon cuistot est venu exprès, masqué, nous faire une côte de bœuf sauce au poivre avec des frites maison, puis des crêpes Suzette flambées. On a bu du Pessac-Léognan. On en avait besoin tous les deux. »

Un silence atterré s'en suit.

– J'ai passé une exquise soirée ! conclut Adeline, radieuse.

– Et moi je faisais quoi, pendant ce temps-là ? demande Servane, furieuse.

– Un palpitant séminaire d'assureurs par visioconférence, tu n'as même pas remarqué que je sortais de l'appartement, rétorque son mari.

– C'était irresponsable ! Si Pierre l'avait su, il aurait disjoncté.

– On a fait gaffe à tout, et on était assis tellement loin qu'on devait crier pour s'entendre. J'ai désinfecté les couverts, manié la nappe avec des gants, et pratiquement poussé ta mère sous sa douche à son retour.

– Tu aurais pu m'emmener, Mammig, reproche Noémie en riant. Je me disais bien aussi qu'elle était louche cette balade de trois heures !

– J'avais envie d'un tête à tête avec mon gendre. On recommence quand tu veux dans ton bar à vins, François.

Pierre rentre du jardin, le visage fermé.

– J'ai raté quelque chose ? Tu as ouvert un nouveau souvenir ?

– François s'est rappelé d'une côte de bœuf avec maman dans son restau, prétend Servane.

– Il ne reste plus que Clarisse et maman, dit Martial.

Adeline pêche l'avant-dernier papier. Clarisse tressaille.

– « Adeline, mon souvenir le plus intense avec toi date de mon mariage. Mon père avait déjà Alzheimer, il est arrivé avec sa seconde femme qui me considérait comme un boulet. Les bancs de l'église étaient pleins du côté de Pierre, du mien il y avait mes amis, mon père qui ne savait plus qui j'étais, et cette femme qui venait pour le buffet et le champagne. Après la messe, le photographe nous a demandés de poser sur l'herbe, entourés de nos familles. Ma belle-mère s'est avancée en bombant le torse. Tu savais nos rapports houleux et sa méchanceté. Tu l'as coupée dans son élan en disant : "L'invitation s'adresse à ceux qui aiment les mariés, vous n'êtes pas concernée." J'ai cru qu'elle allait exploser de rage. Je faisais partie du clan Saint-Jarme, tu venais de m'en donner la plus belle preuve. »

– Tu as fait ça, Mammig ? s'écrie Arthur, ravi. C'est énorme ! Cette femme est odieuse, c'est une chéloïde.

– Une quoi ?

– Une cicatrice boursouflée, fibroblastique, moche, un truc qui ne devrait pas exister.

– Tu m'as sauvée, ce jour-là, dit Clarisse à Adeline.

– Bon eh bien, il ne reste plus que mon papier, annonce Servane. Je suis la dernière, comme d'habitude.

– J'aurais parié que tu allais dire ça. Les derniers seront les premiers, c'est dans l'Évangile, se moque Pierre.

– Saint Matthieu ne parlait pas de vous, je crois, plaisante Adeline.

Servane était une enfant guillerette, jusqu'à l'accident de ses frères. Elle n'avait que onze ans, mais se souvient comme si c'était hier du téléphone réveillant la maison endormie. Elle était descendue du grenier, piétinant la queue d'Enez, percevant l'angoisse et la peur dans la voix de sa mère. Ses frères étaient revenus tard dans la nuit, hagards, dépenaillés, livides. Plus tard, pour perpétuer la tradition familiale, elle a commencé des études d'infirmière. En stage à la Croix-Rouge, elle a été agressée par un toxico en manque lors d'un rassemblement de foule. Un secouriste à la carrure de videur s'est aussitôt interposé, mais ça a sonné le glas de sa non-vocation. Elle a continué à œuvrer à la sécurité d'autrui depuis un bureau.

Adeline lit :

– « Maman, le meilleur souvenir de ma vie, c'est la naissance de Martial. C'est aussi le plus beau avec toi parce que je suis devenue mère à mon tour. Pour une fois, je me sentais à ta hauteur, supérieure à mes frères. »

Adeline plonge son regard dans celui de sa fille.

– Tu as toujours été à la hauteur et je suis fière de tous mes enfants.

– Continue !

– « Tu as pris Martial dans tes bras et, avouons-le, au départ il était hideux. Il s'est bien rattrapé depuis. »

Je suis d'accord avec ta mère, tu étais un bébé affreux.

– C'est gentil de me prévenir, rit Diwenza.

– « Tu m'as dit : "Il faut aimer sans assurance de bonheur, sans contrat préservant des risques du destin, sans garde-fou. On court chaque jour le splendide danger de la tendresse. Ton bonheur dépend de toi seule. Ta famille maintenant c'est ton mari et ton fils." »

Servane, gênée, précise :

– Je m'en souviens mot pour mot parce que, contrairement à Pierre, j'ai tout noté.

– Ce jour-là, maman, tu m'as fait signer un contrat pour la joie. J'ai parfois des doutes et des rechutes, mais tu as changé ma vie.

– Vous avez fait des paris sur qui m'achèvera ? demande Adeline. En tout cas, je refuse de fêter mes cent ans dans vingt ans, c'est bien compris ? Pas de mousseux en serrant la main de l'adjoint au maire. À l'extrême rigueur, celle de la présidente de la République – puisque ce sera enfin une femme – et du Dom Pérignon !

Un son désagréable l'interrompt. Le carillon de Ker Robert.

– Quelqu'un a encore prévu une surprise ? questionne Pierre.

La porte s'ouvre.

La veille, l'invitée mystère était Diwenza. Aujourd'hui, c'est un homme maigre aux cheveux ras, aux traits tirés, d'une étrange beauté, que personne ne reconnaît, jusqu'au moment où Adeline pousse un cri étranglé, lui tend les bras. Et elle a cette phrase surréaliste :

– Tu as toujours aimé les desserts, Paul : il reste ta part de gâteau des Alliés !

Stupeur.

Incompréhension.

Temps figé.

Paul Saint-Jarme est parti à trente-trois ans. Sa fille venait de naître. Martial dévisage l'inconnu, tente de faire coïncider ce visage fatigué avec la photo de son parrain, jeune routard à la masse de cheveux bouclés.

– Tu viens de louper ta messe d'enterrement, lance Noémie à son père.

Sa voix a grelotté, mais son corps est coulé dans le marbre. Elle respire lentement, pétrifiée, et scrute ce revenant surgi des limbes. Si heureuse qu'il soit vivant qu'elle a l'impression que son cœur va jaillir de sa poitrine. Si furieuse qu'il l'ait abandonnée qu'elle a envie de le marteler à coups de poing. Son monde vole en éclats. Est-ce qu'elle rêve ? Est-ce que sa mère aussi va se matérialiser ? Est-ce qu'elle a glissé dans un univers parallèle ?

– Tu… tu sors d'où ? bafouille laborieusement Pierre.

– J'habite sur une île irlandaise.

– Non, je veux dire… tu es vivant ?

– J'ai lu l'article dans le journal, j'ai vu la photo, je savais que vous seriez là.

Paul s'assied parce que ses jambes ne le portent plus.

– Pardon, dit-il à sa mère et à sa fille en détachant les syllabes.

Il a la même voix que son frère aîné.

– Je n'avais pas le choix, je ne pouvais.

Il ne termine pas, les mots restent bloqués.

Dans ses ateliers, si un bénévole écrivait cette phrase, Noémie lui conseillerait des points de suspension. Elle entend distinctement ceux que Paul n'a pas prononcés.

Il ne pouvait.

Aujourd'hui, elle non plus ne peut.

Paul avise le bocal vide sur la table devant sa mère. Adeline dévore son fils des yeux.

– Qu'est-ce que c'est ? demande Paul en désignant l'objet.

– Le bocal à émotions de Mammig, répond Arthur.

– De qui ?

– Mes petits-enfants m'appellent ainsi, et ils appelaient ton père Tadig, lui rappelle Adeline.

Paul doit tout réapprendre, tel un homme se réveillant d'un long coma.

– Au lieu de m'infliger un cadeau d'octogénaire, ils m'offrent des souvenirs, ajoute-t-elle en montrant les papiers étalés devant elle.

Paul plonge la main dans sa poche, en retire une feuille qu'il laisse tomber dans le bocal.

– Voilà ma contribution. Bon anniversaire !

Adeline pioche la feuille, lit. Écarquille les yeux.

– Je ne comprends pas…

– C'est pourtant simple.

Elle le dévisage, cherche derrière l'homme cabossé le petit garçon malicieux. Elle tend le papier à Pierre. Il lit tout haut : « L'an deux mille vingt-deux, au siège de l'office notarial ci-après nommé, maître Julien Maraton, soussigné, a élaboré le projet d'acte de vente d'une propriété bâtie à Groix, route de Pen Lann, dénommée Ker Robert, anciennement dénommée Ker Joie.

Identification des parties. Les promettants sont : Robert Potin, retraité, et son épouse Jeanne, retraitée, de nationalité française, résidents en France au sens de la réglementation des relations financières avec l'étranger, ici présents. Les bénéficiaires sont : Doug Connor, exploitant d'un bed and breakfast, de nationalité irlandaise, résident à Clare Island, comté de Mayo, Irlande, ici présent. Et Noémie Saint-Jarme, sa fille unique majeure, de nationalité française, résidente en France au sens de la réglementation des relations financières avec l'étranger. La signature prévisionnelle de l'acte, avec la présence effective de toutes les parties, est fixée d'ici le… »

Pierre regarde son frère. La lumière se fait lentement dans son esprit, il est d'abord ravi, puis jaloux, puis furieux, puis soulagé.

Le silence serait total dans la pièce, si Servane ne tapait pas nerveusement du talon contre le sol.

– Moi, je suis la fille de Doug Connor ? demande Noémie, éberluée.

– Qu'est-ce que ça veut dire ? s'exclame Servane. D'où sort ce document, Paul ? En quoi ça concerne Noémie ? Tu connais ce Doug Connor ?

Il hoche lentement la tête.

– C'est toi, n'est-ce pas ? vérifie Adeline, les yeux rivés sur son fils ressuscité. C'est toi qui rachètes la maison ?

Paul acquiesce.

– Je ne pouvais pas laisser tomber Ker Joie.

– Mais tu as pu nous laisser tomber nous ! lâche Servane. On te croyait mort et enterré dans l'Himalaya, tu as bonne mine pour un macchabée !

Elle fond en larmes. François la prend dans ses bras.

– Ker Joie revient dans la famille, murmure Adeline.

– Pourquoi tu as changé de nom ? demande Noémie.

– C'est un hommage à ta maman, sa chanteuse préféré était Sinéad O'Connor.

– Pourquoi tu es parti si longtemps ?

– Pour me punir.

Il regarde sa mère.

– Vous lui avez raconté quoi ?

– Comment ça « Vous lui avez raconté quoi ? » s'écrie Noémie. Maman est morte d'une méningite, tu as pété un câble, tu es parti sur les routes. Je comprends, c'est logique. Mais pourquoi tu n'es jamais revenu ?

Paul respire à fond, cesse de tergiverser, se jette à l'eau. Au point où il en est, il n'a plus rien à perdre.

– Parce que je suis un meurtrier.

Adeline, assise sur le canapé, le visage crayeux, glisse doucement sur le côté et s'affaisse. Pierre et Arthur se précipitent, écartent Paul qui recule, affolé.

– C'est ma faute, bredouille-t-il, le choc…

– Maman, tu m'entends ? questionne Pierre.

Arthur prend le pouls de sa grand-mère au poignet.

– Il faut l'allonger, elle bradycarde.

– Son cœur bat trop lentement, traduit Pierre, on va lui relever les jambes.

Père et fils l'étendent sur le canapé. Arthur, assis près d'elle, lui maintient les jambes à la verticale. La réunion de famille tourne au drame. Noémie darde sur son père des yeux accusateurs. Non seulement c'est un meurtrier, mais en plus il est en train de tuer Adeline !

La reine de la fête reprend bientôt des couleurs, ouvre les yeux.

– Maman, tu n'as pas mal dans la poitrine ? vérifie Pierre. Tu as fait un malaise.

– Je vous voyais à travers un brouillard, murmure-t-elle.

– Et maintenant nous sommes nets et beaux ? vérifie Arthur.

– Superbes, répond Adeline en tentant de se redresser. Je n'ai mal nulle part et je déteste me donner en spectacle. Lâche mes jambes, s'il te plaît.

– Reste allongée encore un peu. C'était un malaise vagal dû à l'émotion, ta tension va remonter.

– Tout est ma faute, répète Paul, je suis désolé, maman.

Pierre, rassuré sur le compte de sa mère, s'énerve.

– Oh arrête de te faire passer pour un martyr, pitié !

– Assez ! Vous n'allez pas recommencer à vous disputer, s'interpose Adeline. Arthur, laisse-moi m'asseoir.

– C'est rassurant tout de même d'avoir des médecins dans la famille, marmonne Clarisse à l'oreille de son fils. Même si tu passes le reste de ta vie à soigner Pumba le phacochère.

Encadrée par ses deux fils, Adeline monte se reposer dans sa chambre, Noémie ouvre la marche. Les autres membres de la famille se mettent tous à parler en même temps.

– J'ai toujours pensé que mon parrain n'était pas mort.

– C'est facile à dire maintenant.

– Mon frère n'a pas tellement changé.

– Ker Robert va redevenir Ker Joie !

– Je suis un peu larguée, avoue Diwenza.

Ils lui expliquent que Paul est parti il y a vingt ans, sans plus jamais donner de nouvelles.

– Et il a tué qui ?

– Personne, répond Servane. Sa femme est morte, mais…

Elle s'interrompt parce que Pierre et Noémie redescendent. Pourquoi n'est-elle pas montée avec eux ? Avec le retour de Paul, elle redevient la petite, celle qui suit les grands.

– Maman va bien, les rassure Pierre. Ça faisait beaucoup d'un coup : Groix, le bocal, le fils prodigue qui refait surface. On va leur laisser un moment tous les deux, ils nous rejoindront plus tard.

Noémie s'approche de la fenêtre et contemple le jardin. Avant elle était le vilain petit canard, à présent c'est pire, elle est peut-être la fille d'un meurtrier.

– Ça va ? demande Arthur en la rejoignant.

– À ton avis ? Mon père sort comme un diable de sa boîte et se révèle être un criminel. Et puis merde, je suis trop jeune pour posséder une maison, c'est ridicule.

– Il s'occupera de tout.

– Il vit en Irlande, il ne s'appelle même plus comme nous !

– Mammig va gérer ça, je lui fais confiance.

Adeline s'adosse à ses oreillers, prend son poudrier et sa houppette pour se poudrer le nez, souligne ses lèvres de rouge vif. Elle veut être belle pour son fils, et lui a bien besoin de se remplumer.

– Tu es maigre.

Je suis affûté.

– Tu vas repartir ?

Il s'assied sur le bord du lit.

– Ma vie est ailleurs. J'habite sur une île qui ressemble à Groix, tu viendras me rendre visite, tu aimeras les huîtres du Donegal.

– Tu vis seul ?

– Avec un setter.

– Comment s'appelle-t-il ?

– Oileàn, ça veut dire île en gaélique, c'est la version irlandaise d'Enez, on ne change pas une équipe qui gagne. Clare Island est célèbre pour sa reine des pirates Gràinne O'Malley, comme Groix est célèbre pour son poète Jean-Pierre Calloc'h.

Parce qu'elle est sa mère, elle ose demander :

– Aucune femme ne te rend l'existence plus douce ?

– Mandy est la seule femme de ma vie.

– Tu n'es pas un meurtrier, martèle Adeline. Ce qui est arrivé est tragique, mais ce n'est pas toi qui l'as tuée.

– Bien sûr que si !

– Bien sûr que non. C'est le sida.

– Je l'ai contaminée.

– Il faut que Noémie comprenne pourquoi tu es parti. Elle croit que tu ne l'aimais pas assez pour rester.

– Au contraire !

Adeline fiche son regard dans le sien.

– L'amour revêt bien des costumes. Au cours d'une vie humaine, on rencontre des millions de gens, et si les fées se sont penchées sur notre berceau, on croise sa bonne personne, son tremblement de terre, qui balaie l'enfance. Ton père a été le mien. Mandy a été la tienne. Arrête de lui en vouloir, *nom de toui*.

– Quoi ? Je ne lui en veux pas du t…

– Tu lui en veux de t'avoir laissé seul avec l'enfant, et comme c'est insupportable d'en vouloir à une morte, tu retournes ta colère contre toi comme un scorpion s'injecte à lui-même son venin mortel.

Paul, furieux d'avoir été percé à jour, se lève et arpente la pièce.

– Arrête, tu me donnes le tournis. On dirait Philippe. Ta fille a besoin de toi et la réciproque est vraie. Elle est ton héritage. Mandy était certaine que tu l'aimerais pour deux. Tu me l'as confiée il y a vingt ans, j'ai rempli ma mission. Redeviens père ! Noémie est une jeune femme extraordinaire, tendre, loufoque, subtile.

– Comme sa mère. Je ne la mérite pas.

– Grandis ! rugit-elle. Conduis-toi en adulte. Les morts nous laissent nous dépatouiller. Quand Philippe s'est défilé, il a fallu que je fasse front, que j'apprenne à débusquer les petits bonheurs du jour. Dans une situation traumatique, il y a trois réactions possibles : combattre, fuir, se pétrifier. Tu as fui, tu t'es envolé. Maintenant tu vas enfiler tes gants de boxe et te battre si t'es un homme, *gast* !

– J'ai vraiment raté ma messe d'enterrement ?

– Une messe commémorative pour ton père et toi, ce matin. Martial et son amie ont chanté, le recteur était à côté de la plaque, ça valait son pesant de cacahuètes.

– J'ai failli venir quand papa est mort, j'ai même envoyé un don aux sauveteurs de Groix. Qu'est-ce qui lui est arrivé ? demande Paul.

– Une crise cardiaque dans le train entre Paris et Lorient. Je me souhaite la même chose dans très longtemps, de préférence dans mon lit.

– Ça lui plaira que Ker Joie revienne dans la famille, non ?

– Tu as coupé l'herbe sous le pied de ton frère, il a fait une offre le lendemain.

Paul laisse échapper un petit rire.

– Ces quatre-vingts années sont passées à une vitesse effarante, soupire Adeline. Quand on est enfant, on rêve d'être adulte, ensuite on se construit des souvenirs. Et après on les revit comme on déguste un fromage qu'on a affiné ou un vin qu'on a vieilli en cave.

– Vous pourrez vous installer ici, Noémie et toi, dès que la vente sera conclue. Je reviendrai vous voir souvent.

– Tu continues à te défiler.

– Mon chien m'attend, mon travail aussi, et je ne suis plus un Saint-Jarme. En Irlande, on peut changer de prénom et de nom facilement, par *Deed Poll*, un acte sous seing privé de la *Common Law*. Je suis Doug Connor, maman.

– Très bien, Doug. Repars là-bas avec Noémie. Arthur est un cœur d'artichaut, Martial est amoureux et bientôt père, mais ta fille a peur d'aimer parce qu'elle a grandi sans vous. Mandy te l'a léguée, joue ton rôle.

– Je ne saurai pas m'occuper d'elle.

– Elle ne joue plus à la marelle. Tu as manqué son enfance, sois présent maintenant. Trouve-lui un job dans ton île, apprivoisez-vous. Ce sera mon cadeau d'anniversaire.

– Je t'ai déjà offert la maison, riposte-t-il.

– À ta fille, pas à moi que je sache !

– J'ai peur de tout bousiller.

– Bon sang, tu seras son père à quel moment ? Quand tu auras des couches et un déambulateur ?

– Si je me plante, ce sera pire.

– Non : quand tu réussiras, ce sera magnifique !

Il secoue la tête.

– Papa ne serait pas de ton avis, il me dirait d'assumer les conséquences de mes actes. Mandy est morte, je dois payer.

Adeline s'accorde le temps de la réflexion avant de répondre. À travers la fenêtre, un rai de lumière caresse exactement le fou de l'échiquier de Philippe. Elle remercie intérieurement son mari qui vient de lui souffler la solution.

– Vous allez jouer ça aux échecs, ordonne-t-elle d'un ton sans réplique. Laissons le sort décider.

– Hein ?

Elle a retrouvé son dynamisme.

– Vous allez terminer la partie que Noémie a commencée avec Philippe il y a douze ans. Tu vas remplacer ton père, tu lui dois bien ça. Si tu gagnes, tu repars seul. Si Noémie gagne, elle repart avec toi. Elle doit ignorer jusqu'au bout ce qui est en jeu. Que le meilleur triomphe !

– Je me barre vingt ans, je reviens et tu veux que je la défie aux échecs ? Elle va me prendre pour un dingue.

– Détrompe-toi. Affrontez-vous au lieu de vous tourner autour. Tu n'es pas venu à l'enterrement de ton père. Aujourd'hui tu es là. Cette partie doit être finie, Paul. Ce sera ta façon de lui rendre hommage.

Adeline et Paul redescendent au salon, les conversations s'interrompent. Adeline s'adresse à sa petite-fille :

– Ton grand-père n'aimait pas laisser les choses en plan. Vous aviez commencé une partie d'échecs. J'ai demandé à Paul de la finir avec toi.

– Je n'ai pas du tout envie de jouer.

– Moi non plus, grommelle Paul.

– Mais c'est mon anniversaire, et vous allez me faire ce plaisir.

Noémie réfléchit à toute vitesse. Pourquoi son père ne pouvait-il pas revenir ? S'il a tué quelqu'un, il était peut-être en prison ? Adeline le savait et n'a pas voulu le leur révéler, c'est ça ? Paul vient d'être libéré ? Il rachète Ker Joie avec le prix du sang ?

– C'était au tour de qui ? demande Adeline.

Noémie inspire à fond. La situation est surréaliste. Orpheline ce matin, elle est maintenant fille de taulard. Crime crapuleux ? Ou crime d'honneur ? Il a braqué une banque et ouvert le feu ? Assassiné une vieille dame parce qu'il était en manque ? Il appartenait à un groupe révolutionnaire terroriste ? Il a tué qui ?

Qui étais-tu, Paul Saint-Jarme ?

Qui es-tu, Doug Connor ?

– Tu connais l'emplacement des pièces par cœur, je le sais. C'était à toi de jouer ou à ton grand-père ? persiste Adeline.

Noémie lève les yeux au ciel. Puis abdique, parce que ça repousse d'autant le moment où elle découvrira quel salaud elle a pour père. Et elle replace les pièces de la partie interrompue dans leur position d'il y a douze ans.

Alors il y a cela, cette partie d'échecs qui doit être achevée, il est temps, enfin. Le genou de Noémie tressaute en battant la cadence, la bouche de Paul se crispe. Ils sont adultes, de force et de douleurs égales. La famille les observe sans piper mot. Ce qui va se jouer entre le père et la fille est abyssal, ce sera leur façon de conjurer le sort, d'effacer vingt ans d'une diagonale du fou ou d'une ruade de cavalier.

– J'avais les blancs, dit Noémie.

Paul cache un pion blanc et un pion noir dans ses poings fermés. Adeline revoit en pensée son Philippe dissimulant la clef de Ker Joie dans sa main pour la lui offrir.

– Choisis ?

Noémie désigne le poing droit, qui renferme le pion blanc. C'est donc elle qui commence.

Les adversaires se jaugent, concentrés. Noémie déplace une pièce. La partie est déjà bien avancée, elle l'a souvent jouée contre elle-même, mais Paul la découvre. Il hésite, il ne connaît pas sa fille. Que cache-t-elle au plus profond de son âme ? Elle l'aimera encore quelques minutes, tant qu'elle ignore qu'il a tué sa mère.

Leur jeu est fluide, rapide, le reste du monde n'existe plus. Tac tac. Hop hop. Je te prends tu me prends, ils sacrifient des pièces, battent en retraite, cherchent la fourchette, élaborent des stratégies que l'autre pulvérise. Père et fille ennemis, antagonistes, frémissants du choc des lames et du cliquetis des armures.

Paul fronce les sourcils. Noémie n'a pas vu que sa reine est en échec ? Comment peut-elle faire une telle erreur ? Il hésite, ne pas la prendre serait la traiter en enfant alors qu'elle a vingt ans. Mais s'il lui fait une fleur et perd, il devra tenir sa promesse et l'emmener en Irlande.

– Je suis désolé, Noémie, dit-il en prenant sa reine.

Elle rit. Obsédé par sa reine à elle, il n'a pas vu que le piège se referme autour de son roi à lui. Mais Paul n'est pas un amateur, son cavalier caracole déjà en embuscade, la partie sera bientôt finie. Il sourit pour s'excuser, et soudain les mots jaillissent de sa bouche sans qu'il en ait conscience.

– Je suis désolé d'avoir tué ta mère.

Noémie blêmit.

– Hein ?

– Ta mère n'a jamais eu de méningite.

– Quoi ?

– J'ai eu un accident de vélo, à Groix, à seize ans, avec une jeune fille.

– Je connais l'histoire, Mammig nous l'a racontée, mais quel rapport avec maman ? Tu étais avec elle, ce jour-là ? C'est maman qui a été blessée ?

Paul secoue la tête.

– Non, j'ai connu Mandy beaucoup plus tard. Mais j'ai failli mourir trois jours après cet accident, parce que ma rate saignait. J'ai été opéré, on m'a fait une transfusion sanguine. J'ai eu mon bac deux ans après. Et puis j'ai rencontré ta mère…

Il raconte enfin, sans quitter sa fille des yeux, même s'il est conscient de brûler ses vaisseaux, il n'y aura plus de retour en arrière possible.

– Je respirais large, ample. Je venais de publier : « Poèmes insulaires, Groire au bonheur. » Mes études littéraires ne me menaient à rien, je ne me projetais pas. Le fait d'avoir failli mourir à seize ans me rendait à la fois invulnérable et fragile, inapte à me couler dans un moule, marginal. Je buvais trop, je fumais, j'avais l'air d'un Christ tombé du ciel avec mes cheveux longs, ma barbe, mes tuniques indiennes, mes sabots. J'écrivais des textes pour Mandy, on vivait à la campagne, on faisait notre pain, on cultivait notre potager, on élevait nos poules. Le samedi soir, au bistrot du coin, Mandy déclamait mes poèmes, les gens appréciaient. C'était le bonheur. Servane et maman venaient nous rendre visite. Mon père m'engueulait. Quant à Pierre, nous n'avions plus qu'un nom de famille en commun.

Un jour, le scandale du sang contaminé éclate : des centaines de malades ont contracté un virus à la suite de transfusions. Les pouvoirs publics sont mis en cause, c'est la première crise sanitaire d'envergure en France. On raconte tout et son contraire à propos du VIH.

– Je ne me suis pas intéressé à l'affaire, poursuit Paul. J'ai négligé les appels téléphoniques répétés de papa. Un matin, il a débarqué chez nous sans s'annoncer, en costume cravate, jetant un regard désespéré sur le décor baba-cool : « Je t'ai laissé des messages. » « Je n'écoute pas mon répondeur. Mes amis et mon éditeur savent où me trouver. » « Il faut que je te parle. » C'est là qu'il m'a appris que j'étais potentiellement concerné par le sang contaminé et que je devais faire un test de dépistage.

Paul soupire.

– J'ai fait le test. Et le ciel m'est tombé sur la tête. Il y a un avant et un après certaines annonces qui disloquent. J'étais séropositif.

Les mois qui suivent sont noirs d'encre. Il quitte Mandy sans préavis, par peur de la contaminer, fuit ses parents, se réfugie à Groix dans une maison squattée au milieu de la lande, sans eau courante mais avec un puits d'eau non potable, sans électricité mais avec un groupe électrogène. Hughes, un ami d'enfance, séropositif lui aussi, se joint au groupe, il a de la fièvre, des taches sur la peau, des lésions dans la bouche qui portent le joli nom de candidose. Il n'est pas candide, il dépérit, son taux de lymphocytes T4 plonge. Hughes est un type solaire, drôle, cultivé, magnifique. Il rentre mourir à Paris chez ses parents.

Paul s'attend à être le suivant mais il se porte comme un charme.

La recherche progresse, une molécule antivirale, l'AZT, est découverte. Puis arrivent les trithérapies. Paul vit à Groix à l'année, enchaîne les petits boulots, jardinier, peintre, bricoleur. Ses parents l'apprennent, on ne garde pas un secret longtemps dans une île de huit kilomètres sur quatre. Arthur naît. Puis Martial, dont il accepte d'être le parrain. Leur père tente un rapprochement, veut l'emmener consulter un ami qui dirige un service spécialisé, lui fait valoir le bénéfice d'un suivi sérieux, s'énerve devant son entêtement : « C'est absurde, Paul ! Tu veux mourir ? Laisse-moi t'aider. Tu es mon fils. » « Je n'ai plus le droit de vivre avec la femme que j'aime, je ne peux plus être heureux. C'est trop dangereux, papa. Je porte malheur, regarde ce qui est arrivé à Pivoine. Une fois suffit. »

Adeline et Servane vont voir Mandy. La jeune femme n'a pas remplacé Paul. D'abord méfiante à leur arrivée, elle finit par se détendre. Adeline l'informe qu'il est à Groix, et surtout qu'il l'a quittée par amour.

– Mandy a rassemblé ses affaires et débarqué ici un soir, au moment où le soleil s'enfonce dans l'océan sur la falaise de port Saint-Nicolas. Je m'étais étoffé à force de m'occuper des jardins des résidents secondaires, j'étais en pleine forme. Je n'avais aucun symptôme. Je pouvais transmettre le virus, mais je n'avais pas le sida. On a fait extrêmement attention. Sauf une nuit. Et ta maman s'est retrouvée enceinte.

Dans la foulée, le verdict tombe, Mandy est contaminée et séropositive. Conseillée par Philippe, elle se fait suivre par une équipe obstétricale spécialisée. Noémie naît, séronégative, bénéficie d'une prophylaxie post-natale plusieurs semaines. Adeline a maintenant trois petits-enfants. À Ker Joie on ressort la chaise haute, on déplie à nouveau le parc, on fixe le siège bébé à l'arrière de la voiture.

– J'ai recommencé à écrire des poèmes que Mandy récitait le soir à la Pop's Tavern. Puis le destin a pris le bateau du matin et nous a rattrapés. Mandy s'est mise à tousser, à respirer difficilement. Son organisme s'est mal défendu. Son système immunitaire affaibli n'a pas combattu l'infection. Elle a été hospitalisée en face, sur la grande terre. Je t'ai confiée à ta grand-mère et j'ai traversé.

Il s'interrompt, les yeux dans le vague.

– Ensuite, tout s'est emballé. Son état s'est vite aggravé, elle délirait, ne me reconnaissait plus, elle est tombée dans le coma. Et elle est morte dans la nuit qui a suivi.

Il baisse la tête, vaincu, pour lui c'est comme si c'était hier.

– J'ai quitté l'hôpital, erré dans les rues de Lorient, dormi sur le pont d'un bateau amarré au port. Puis je suis monté dans le premier train qui quittait la ville. Je me suis retrouvé à Paris. Tu existais, je ne pouvais pas me jeter sous le métro, alors j'ai fui sur le toit du monde, sur les traces de l'exploratrice Alexandra David-Neel que ta maman admirait tant, et sur celles de *Jonathan*, le héros de la bande dessinée de Cosey dont elle était fan.

Il ferme les yeux, revoit les hauts paysages époustouflants du Tibet dont la beauté n'est pas parvenue à le consoler.

– J'avais tué mon amour. Je savais qu'il existait une tribu en Éthiopie où l'usage était d'offrir son premier enfant à sa mère. C'est ce que j'ai fait. J'ai écrit à mes parents, depuis la ville sacrée de Lhassa. Je pensais que tu serais plus heureuse avec eux qu'avec le meurtrier de ta maman. Je les ai suppliés de te cacher la vérité, de te raconter que Mandy avait eu une méningite et que j'étais trop triste pour rester. Et j'ai demandé à mon frère et à ma sœur de garder le secret.

La famille, les yeux rivés sur Paul, l'a écouté jusqu'au bout sans l'interrompre. Noémie, bouleversée, est tétanisée. Adeline avance la main avec précaution, comme on caresse un animal inconnu, et dépose délicatement sur l'échiquier le fou blanc du jeu de Philippe qu'elle a glissé dans sa poche avant de descendre au salon. Par chance, les pièces ont la même taille. Noémie, surprenant le mouvement, tourne la tête au moment où sa grand-mère lâche la pièce. Elle fronce les sourcils. Adeline pose son index en travers de sa bouche et fait non de la tête.

– Tu sais tout, Noémie, conclut Paul. Ta maman a rencontré le mauvais gars au mauvais moment. Aujourd'hui, on peut être séropositif et avoir une vie de couple normale. Je suis arrivé trop tôt.

Son visage aux traits harmonieux se crispe.

– Tu n'es pas un assassin, c'est moi le coupable ! s'écrie Pierre. Sans ma jalousie imbécile, tu ne serais pas tombé, ta rate ne se serait pas rompue, tu n'aurais pas été transfusé !

Arthur observe sa mère : Clarisse savait. Martial serre Diwenza contre lui pour la préserver de la violence ambiante. François cherche les yeux de Servane qui se dérobe. Noémie dévisage son père avec une expression indéchiffrable. Adeline intervient, elle est d'un calme impressionnant.

– Il n'y a ni assassin, ni meurtrier, ni coupable. Nous lançons nos dés chaque jour sur la piste et regardons ce que la chance nous attribue. Certains ont des cornets en maroquinerie fine à leurs initiales, d'autres joueurs n'ont que leurs mains calleuses, mais au final nos dés s'immobilisent et nous sommes égaux devant la mort.

Elle ajoute :

– Noémie et Paul, vous vous manquez depuis vingt ans. Finissez la partie.

Ils se reconcentrent sur le jeu. Le fou de Philippe renverse la vapeur. Noémie n'hésite pas, elle tend la main, le déplace sur toute la longueur du plateau.

– Échec et mat, papa !

C'est la première fois qu'elle ose ce mot. Paul, décontenancé, examine l'échiquier, cherchant une échappatoire, mais il n'y en a pas. Son roi est cloué. D'où sort ce satané fou ? Pourquoi ne s'en est-il pas méfié ? Noémie a perdu sa reine d'entrée de jeu, Mandy a été sacrifiée. Paul, le roi, ne peut plus s'enfuir, pris en tenaille entre un pion, la tour et ce fou tombé du ciel. Il admet sa défaite en tendant la main.

– Bravo, ma.

Lui n'a pas osé dire « fille » mais l'air vibre du mot tu.

La partie interrompue il y a douze ans est finie. Il a fallu une maison louée, un enfant à naître, un bocal à poisson rouge et un retour d'entre les morts.

– Maître Maraton t'attend pour la signature de l'acte, ajoute-t-il. Ensuite, j'aimerais que tu m'accompagnes à Clare Island.

Noémie pense à son association et aux bénévoles de son atelier d'écriture, aux déjeuners du dimanche avec sa grand-mère, à Adeline qui se retrouverait seule pour la première fois, à sa famille qui lui ment depuis vingt ans sur la mort de sa mère.

– Ça va trop vite pour moi, dit-elle.

Servane n'y tient plus. Submergée par les émotions, elle veut parler d'avenir plutôt que du passé, de naissance plutôt que de mort. Elle aurait dû prévenir son mari avant les autres. Tant pis.

– François et moi avons aussi quelque chose à vous annoncer !

– Vous vous séparez, affirme Martial. C'est le secret de Polichinelle. Vous allez enfin cesser de vous chamailler.

– Disons plutôt que nous faisons une pause, admet sa mère. Nous sommes très proches, et nous avons de bonnes raisons de le rester.

Pierre sourit. François, intrigué, hausse le sourcil droit.

– La meilleure des raisons, poursuit Servane. On parlait de Polichinelle, il y en a un autre dans le tiroir. Il va y avoir un deuxième bébé dans la famille.

– Diwenza attend des jumeaux ? demande François.

– Mais non, idiot. Nous allons avoir un enfant. Je suis enceinte.

– Nous ? laisse échapper François, ahuri.

– Toi et moi. Martial va avoir un enfant ET un frère ou une sœur.

– À ton âge ? s'étonne Clarisse.

– Oh ça va, elle est encore jeune, proteste Pierre alors qu'il a eu la même réaction avant-hier soir.

– Mais… on se sépare quand même ? vérifie François qui ne sait plus où il en est.

Elle acquiesce.

– On va l'aimer et l'élever ensemble, pas besoin de vivre sous le même toit pour ça. Maman te l'a dit, tu es ma valeur ajoutée, le splendide danger de la tendresse. Ma famille, c'est toi, Martial et cet enfant à venir.

Il la dévisage, envahi de sentiments mitigés, dépassé, déçu, malheureux. Puis la joie l'emporte et il la prend dans ses bras.

J'ai loué une voiture électrique pour la journée. Le gars m'a vanté l'empreinte carbone minimale, ce dont je me fiche comme de ma première canette de bière. Il m'a regardé d'un air dubitatif, jaugeant mon âge avancé et ma trogne fleurie, mais j'ai payé en liquide pour couper court, alors il m'a donné un plan en me souhaitant une agréable journée.

Je me gare au début de la route de Pen Lann et j'attends patiemment, sauvagement, férocement. Ils finiront bien par sortir aujourd'hui, ou au pire demain matin.

Je repense à ce soir de 1959 où mon père, le pompeux maître Firmin Morvan, m'avait emmené au bowling du Jardin d'acclimatation qui venait d'être inauguré par Maurice Chevalier. J'avais lancé ma première boule de résine sur le parquet huilé de la piste, et toutes les quilles s'étaient renversées.

– Mon fils de quinze ans est un champion, il a fait un strike d'entrée de jeu ! s'était écrié mon père, épaté.

Quand les Saint-Jarme sortiront, je ferai un nouveau strike. Mon avocat de père – de l'enfer où il plaide sa cause après s'être barré comme un lâche, laissant à sa femme et son fils ses dettes de jeu mirobolantes – m'applaudira.

Ma vie n'a plus aucun sens, seule la haine me tient debout. J'ai acheté des allumettes ce matin au bourg, il y a un teckel sur la boîte, pas de la même couleur que Pâté Hénaff, mais j'y ai vu un signe. Si je m'en tire après avoir éparpillé mes quilles, je foutrai le feu à la baraque avant de repartir.

Les heures passent, je caresse le volant comme on flatte un cheval rétif, l'encourage : « Ne t'inquiète pas, ça va aller, ça ne fera pas mal, tout ira très vite. »

Qui ouvrira la marche ? Qui vais-je viser, les fils, la mère, les jeunes ? J'imagine les différents scénarii possibles, je jubile à l'avance du spectacle des corps projetés en l'air.

Je finis par m'endormir, réveillé en sursaut parce qu'on frappe à la vitre de la voiture.

– Ça va monsieur ? me demande une jeune femme blonde. Vous avez besoin d'aide ?

Je secoue la tête. Elle rejoint ses amis.

– C'est ton jour off, tu es en vacances, tu n'es pas censée bosser, lui lance un grand type en riant.

Ils rentrent dans une maison un peu plus loin, côté port. Je panique à l'idée d'avoir raté mes quilles pendant que je ronflais. Mais une heure plus tard, ma patience est récompensée. Mes quilles apparaissent.

Celui que j'ai pris pour Paul hier manque, mais il y a un nouvel arrivant dans l'équation. Un homme maigre au regard ardent qui ressemble à Pierre. Il n'a plus sa tignasse mal coiffée, pourtant je jurerais que c'est son frère. Après la messe de ce matin, comment pourrait-il se tenir là, au milieu de sa famille ?

Ils sont tous debout sur la route devant la maison, des sourires niais plaqués sur leurs figures de crétins, inconscients du danger qui les menace. L'heure du châtiment a sonné. L'infanterie romaine déployait ses unités sur les flancs pour protéger le corps principal. Les Saint-Jarme font pareil, Pierre et le supposé Paul entourent leur mère, encadrés par les jeunes et trois autres femmes. La formation rêvée pour mettre mon plan à exécution. Je tourne le volant pour m'engager sur la route, puis je roule lentement vers eux, en tenant ma droite.

Ils ne se méfient pas, la mère se pavane entre ses fils. Une des femmes est enceinte, tant pis pour elle, on ne fait pas d'omelette sans casser d'œufs.

Aujourd'hui je n'ai pas de boule en résine percée de trois trous à lancer, je dispose juste d'une carrosserie avec quatre roues. Je cible la femme aux cheveux blancs au centre, et je prends mon élan.

Dans une seconde je donnerai un coup de volant à gauche en écrasant l'accélérateur et je foncerai sur elle.

Adeline n'a pas été aussi heureuse depuis vingt ans. Philippe lui manque, mais elle sent sa présence. Elle repense aux mots de Victor Hugo pleurant sa fille Léopoldine : « Tu n'es plus là où tu étais, mais tu es partout là où je suis. » Ils ont décidé de faire une promenade sur le port. Elle adresse une prière de remerciement muette au Dieu qui lui a rendu son fils.

Noémie, qui ne parvient pas à canaliser ses émotions, marche en retrait. Passer d'un père mort à un criminel, puis à un innocent convaincu d'avoir tué sa femme, ça peut être dévastateur. Il lui faudra du temps pour digérer.

Paul se tient à côté de sa mère, harassé par leurs retrouvailles. Il se réjouit de voir son visage rayonnant, s'inquiète de la réaction de sa fille, songe que Mandy aurait su trouver les mots justes. Il aperçoit la voiture et sent confusément que quelque chose cloche. En Irlande, lorsqu'il se promène dans la nature, il devine quand un troupeau de moutons va changer de direction et foncer comme un seul homme vers une barrière ouverte. Il a soudain l'intuition que cette voiture va bifurquer et foncer sur eux, il en mettrait sa main à couper.

– Attention ! crie-t-il en repoussant instinctivement sa mère derrière le pilier pour l'éloigner du danger et en cherchant sa fille du regard.

– Qu'est-ce que… ? s'écrie Pierre.

Tout va extrêmement vite.

Tandis que la voiture fonce sur eux, Pierre distingue, à travers le pare-brise, le mauvais rictus du conducteur, un vieil homme au regard halluciné. La situation lui apparaît clairement. Arthur est sur le côté à l'abri. Paul a écarté leur mère, mais Pierre et Clarisse sont en plein dans la ligne de mire du dément.

Pierre, dans un flashback, se revoit fonçant en vélo dans la nuit sur son frère et Pivoine, inconscient du drame qu'il provoquera et de tout ce qui en découlera.

Plus que trois mètres…

Noémie saisit sa grand-mère par le bras.

Martial entraîne Diwenza.

Pierre, avec une force décuplée par l'amour, propulse Clarisse de l'autre côté du muret bas où elle se reçoit à quatre pattes sur la terre meuble.

Plus que deux mètres…

Pierre fait rempart de son corps à son frère, il ne réfléchit même pas, le protéger est une évidence.

Plus qu'un mètre…

Derrière le pare-brise, le fou aux yeux hagards change d'expression à cause d'une ombre blanche qui zèbre son champ de vision.

Une seconde avant l'impact, un petit West Highland White terrier surgit d'un chemin et traverse la route comme une flèche en coursant un chat aux couleurs du drapeau breton.

Je contrebraque pour éviter l'animal innocent. Je veux broyer mes quilles, pas un chien, je n'y survivrais pas.

La voiture de location dérape, glisse vers le pilier au bout du muret, et s'y encastre avec fracas en explosant la plaque de lave au nom de Ker Robert.

Le score de mon carreau est zéro. Ma boule à quatre roues a quitté la piste et glissé dans la rigole. Toutes mes quilles sont encore debout, sauf une qui est couchée.

Et moi, qui suis mal en point.

Catapultée par Pierre au-dessus du muret, Clarisse se relève, les mains et le pantalon maculés de terre, en cherchant son fils des yeux. Noémie serre sa grand-mère contre elle. Paul, ahuri par le geste de son frère qui s'est jeté devant lui au dernier moment, est pétrifié. Martial aide Diwenza, les jambes flageolantes, à s'asseoir. François, qui a entendu le bruit, sort de la maison, se précipite vers Servane qui tremble, vérifie que Martial n'a rien. Chacun se préoccupe de sa famille la plus proche.

– Qu'est-ce qui s'est passé ?

– Un vieux dingue nous a foncé dessus, balbutie Pierre, sous le choc.

Le vieux dingue est écroulé derrière son volant, poupée de chiffon. Arthur se précipite, ouvre la portière brutalement, prêt à l'engueuler. Mais au moment où son regard tombe sur l'homme, un déclic se produit, le chauffard se mue en patient vulnérable.

– Monsieur, vous m'entendez ? Monsieur ?

Pierre le rejoint et le même phénomène se produit, parce qu'ils ont été programmés pareil. Ils évaluent la situation. L'inconnu est muet mais conscient, il respire, son visage est rose, il ne semble pas blessé. Sa ceinture de sécurité est attachée.

– Monsieur, dites-moi votre nom ? répète Arthur. Où est-ce que vous avez mal ?

Le conducteur les dévisage, en état de sidération.

– Je suis médecin, précisent Arthur et Pierre d'une même voix.

Adeline, femme de tête, rassemble ses poussins près d'elle.

– Laissons-les s'occuper du…

Elle termine sa phrase par une envolée du bras. L'homme doit avoir son âge. A-t-il eu une attaque ? Un infarctus ?

– Il aurait pu nous tuer tous, alors que je venais de retrouver Paul, tu te rends compte à quoi nous venons d'échapper ? murmure-t-elle à Philippe.

– Qu'est-ce que tu dis, Mammig ? demande Noémie.

– Je parle à ton grand-père, dit spontanément Adeline.

J'ai mal partout. Le choc a été rude pour ma vieille carcasse, mais la voiture est encore plus amochée que moi. J'ai raté mon coup. Pardon papa.

Je n'entends qu'un marmonnement inintelligible. J'ai la figure engourdie, la bouche qui tire d'un côté, c'est une drôle d'impression. Je tente de sourire pour amadouer mon père, mais mon visage s'y refuse, ma lèvre n'obéit pas.

Des voix désincarnées me parlent. Un brouillard nimbe la piste de bowling et masque les autres joueurs.

– Monsieur, dites-moi votre nom ? insiste quelqu'un.

Je réponds avec dignité :

– Gaspard Morvan.

L'autre répète plusieurs fois sa question comme s'il n'entendait pas ma réponse. Puis saisit ma main gauche et ordonne :

– Monsieur, serrez-moi la main.

Je m'exécute mais mes doigts pèsent une tonne, je n'arrive pas à les remuer.

– Où est le chien blanc ? dis-je.
– Monsieur, serrez-moi la main !
– Le petit chien, il va bien ?

Le blessé bafouille des mots inintelligibles en réponse aux questions d'Arthur et ne serre pas sa main. Le jeune médecin et son père se concertent du regard. Le patient a la bouche déviée vers la gauche, la lèvre pendante, un filet de salive coule de la commissure. Chaque minute compte, plus on le prendra en charge tôt, plus les séquelles seront limitées.

– Ne vous inquiétez pas, dit Pierre d'un ton rassurant, les secours vont vite arriver et on va vous soigner. On reste avec vous.

Arthur a déjà dégainé son portable et composé le 15.

– Bonjour, je suis le docteur Saint-Jarme, je vous appelle de l'île de Groix pour un patient âgé qui a perdu le contrôle de sa voiture à la suite d'un AVC. Conscient, paralysie faciale gauche, trouble de l'élocution, diminution des fonctions motrices gauches, ceinture de sécurité en place.

Il donne l'adresse au Samu qui la répercute sur les secours insulaires.

Un ballet bien rodé s'orchestre sur le caillou. Pompiers, voiture du médecin de garde, on enserre le cou du patient avec une minerve, on le sort de sa voiture en protégeant ses vertèbres cervicales, on le perfuse, on l'évacue jusqu'à l'hélicoptère Dragon 56 de la Sécurité civile, basé à Quéven, qui l'héliporte jusqu'à l'hôpital du Scorff à Lorient.

Le chat noir aux pattes avant blanches, juché en haut de la cabane de pirate, nargue le westie qui l'attend dessous en aboyant.

Arthur et Pierre, unis par un lien que des non-soignants ne peuvent pas concevoir, échangent un sourire complice.

Les Saint-Jarme sont de retour dans le salon de Ker Joie, la promenade n'est plus à l'ordre du jour.

– Quand même, il avait l'air de nous viser avant que le chien ne dévie sa trajectoire, insiste Paul.

– Il ne savait plus ce qu'il faisait, explique Arthur. Un accident vasculaire cérébral arrive quand le flux sanguin vers le cerveau est interrompu par un caillot ou une hémorragie. Plus vite on est soigné, plus vite les symptômes régressent.

– Il avait l'air super vieux, quand même, note Martial. Au moins…

– Attention à ce que tu vas dire, mon garçon, menace Adeline.

– Au moins cent ans, termine Martial.

– Il a soixante-dix-neuf ans, énonce Pierre. Et Paul a raison, il nous visait.

– Quoi ?

Tous les regards se braquent sur lui, stupéfaits.

– J'ai pris son portefeuille dans sa veste pour donner son identité aux pompiers. J'ai vu son nom, son âge, et deux photos que j'ai photographiées.

Il tend son portable à son frère. Sur le premier cliché aux couleurs passées, on voit une famille heureuse sur le pont d'un bateau. Le père, au milieu, tient par les épaules une femme brune d'un côté et une ado blonde de l'autre. Un teckel à poils durs est couché à leurs pieds.

– C'est qui ? demande Noémie sans faire le lien entre ce père souriant et le type bizarre qu'elle a rencontré chez le verrier.

– En tout cas, le bateau c'est le Kreiz er Mor, regarde la bouée de sauvetage, dit Arthur. J'avais onze ans quand il a été désarmé après une traversée d'adieu sous grand pavois.

Pierre balaie l'écran du doigt. La photo suivante montre l'ado blonde devenue femme. Elle a des lunettes noires, une canne blanche, un sourire radieux, elle est assise à côté d'un homme en veste croisée à galons dorés aux manches et casquette de pilote. Deux ados devant eux jouent avec un chiot.

Paul déglutit avec difficulté. L'ado blonde de la première photo se tient de trois quarts, on voit seulement *Eo Ar Vuez* sur son tee-shirt, il manque *Brav*.

– Il voulait se venger, dit-il.

– Qui « il » ?

– C'est le père de Pivoine. Il a fait exprès. La première photo a été prise trente-sept ans plus tôt, l'été de notre accident de vélo. La seconde montre Pivoine adulte.

– Et aveugle, soupire Pierre.

Paul regarde par la fenêtre l'océan que Pivoine ne voit plus. Adeline intervient :

– Aveugle, mais heureuse. Philippe a gardé le contact avec sa famille. Il a suivi la convalescence de la jeune fille, lui a procuré les meilleurs médecins, la meilleure rééducation, puis nous avons financé sa formation de kinésithérapeute à l'institut Valentin Haüy. Son père a fait une dépression et il a sombré, mais sa mère a correspondu avec nous après leur divorce, puis son remariage. Pivoine s'est mariée avec un pilote d'Air France. Sa mère et moi échangeons encore des cartes de vœux à chaque Noël. L'un des ados sur la photo est aujourd'hui étudiant en médecine.

– Pourquoi tu ne nous l'as jamais dit ?

– Le secret médical était sacré pour votre père. Et il ne voulait pas remuer le couteau dans la plaie. Les conséquences ont été tragiques, mais c'était un accident, vous étiez si jeunes. Il a porté ce poids sur ses épaules à votre place.

Pierre prend une grande inspiration, prêt à tout déballer, mais Paul se lève, lui enserre l'épaule d'une main puissante et l'entraîne dehors.

Les deux frères avancent dans le jardin sombre.

– Maman ne sait pas que tout est ma faute, Arthur non plus. Je dois leur avouer…

– Ça te soulagerait toi, mais ça ne leur ferait aucun bien à eux ! Continue à porter ce fardeau, comme papa a porté le sien. Comment tu aurais imaginé ce qui allait se passer ? On pouvait tout aussi bien s'en tirer avec des plaies et des bosses.

– Tu t'es dénoncé à ma place.

– Tu étais majeur, tu n'as toujours pas compris ce que ça impliquait, après la plainte du père de Pivoine ?

– Je ne t'ai jamais demandé de te sacrifier ! s'énerve Pierre qui se radoucit aussitôt. Je te demande pardon. Tu as été transfusé à cause de moi, et Mandy a été contaminée à cause de ma connerie.

Paul attrape son frère par les revers de sa veste et rapproche son visage très près du sien.

– Je t'interdis de prononcer son prénom !

Pierre ne se dégage pas.

– Ça fait trente-sept ans que j'ai envie de te casser la gueule et que je retiens mon bras !

– Je t'en prie, vas-y.

– Je ne vais pas me battre contre une chiffe molle !

– Tu veux me frapper ? Fais-toi plaisir…

– Défends-toi, bordel, qu'on puisse remettre les compteurs à zéro ! crie Paul en le secouant. Pivoine a eu raison de me choisir moi : tu es un dégonflé !

Les deux quinquagénaires se bagarrent dans l'obscurité. Ils balancent leurs poings en atteignant ou ratant leur cible, ils ahanent, s'empoignent, se foutent sur la gueule. La chemise de l'un se déchire, les boutons de la veste de l'autre s'arrachent. Paradoxalement, ces coups les rapprochent.

– Pas le pouce dedans, bordel ! gronde Pierre.

– Quoi ?

Paul, solide sur ses jambes, met toute sa force dans le coup suivant qui atteint Pierre au sternum et le déséquilibre. Il s'effondre dans l'herbe tandis que Paul se masse le pouce.

– Ne mets pas… ton pouce… à l'intérieur de ton poing… halète Pierre, tu vas morfler.

– La vache, tu aurais dû me prévenir avant !

– J'ai… essayé…, grimace Pierre au sol en cherchant sa respiration.

Paul s'assied à côté de lui, hors d'haleine.

– Putain, ça fait du bien, dit-il.

Clarisse, inquiète, sort de la maison, les voit de loin assis côte à côte et rentre dans le salon, rassurée.

– Elle était superbe, cette cabane, admire Pierre, moins essoufflé au bout d'un long moment, en désignant la forme sombre dans l'arbre.

– On y monte ?

Les deux éclopés se dirigent vers la construction de bois. Paul pose le pied sur le premier barreau, commence à se hisser. Pierre le suit. Ils s'asseyent sur l'étroite plateforme.

– Je ne t'ai pas remercié de t'être placé entre moi et la voiture, dit Paul.

– Je n'ai pas réfléchi, c'était instinctif.

– C'était surtout débile, maman risquait de perdre ses deux fils en même temps.

– Servane aurait enfin occupé la première place, ça aurait fait une heureuse.

Ils se marrent.

– Tu crois qu'ils nous auraient organisé un enterrement commun ?

– La famille se serait réunie dans le bar à vins de François, ça lui aurait fait de la clientèle.

Un fou rire les secoue.

– Tu m'as flingué le pouce, constate Paul.

– Tu m'as flingué des côtes. Et tu vas redevenir le favori de maman.

– Sûrement pas, je repars en Irlande.

– En me laissant continuer à tout gérer ? Sympa !

– Tu le fais tellement bien, papa serait fier de toi. Au fait, qui a choisi la citation de Malraux sur sa tombe ? C'est toi ou maman ?

– Papa, il l'avait recopiée dans son portefeuille.

– Tu as vu que la pierre était esquintée ?

– Esquintée ? Non on n'a rien remarqué, s'étonne Pierre.

Il s'est pris un pain dans la pommette, ça commence à enfler.

– Je vais rentrer tant que j'y vois encore, décrète-t-il. Mes patients du dispensaire vont adorer mon œil au beurre noir.

Il descend le premier, atteint le sol sans encombre. Paul lui emboîte le pas, mais alors qu'il s'appuie sur un des barreaux supérieurs, la corde se rompt et il tombe lourdement, atterrissant moitié sur son frère, moitié sur le sol.

– Qu'est-ce que tu fabriques ? râle Pierre en le repoussant.

– Cette fichue échelle s'est cassée !

Pierre allume la torche de son portable pour éclairer les barreaux qui pendent dans le vide.

– Regarde...

Les fibres tranchées se balancent dans le vent.

– C'était de la belle ouvrage, mais question solidité on repassera.

– Non, regarde mieux, la corde a été sciée là où elle a lâché, et aussi juste au-dessus !

La ficelle effilochée se distingue nettement, Paul effectue une traction plus haut, la corde se rompt également.

– Probablement un autre cadeau du père de Pivoine, marmonne Pierre. Heureusement que Diwenza n'y est pas montée. Eh, ton menton saigne, et pas qu'un peu. Il va peut-être te falloir des points de suture.

Ils se relèvent en s'appuyant l'un sur l'autre, titubent jusqu'au salon. La famille horrifiée découvre dans quel état ils sont.

– Vous vous êtes tapés dessus ?

– On s'est dit qu'on s'aimait, hein frangin ?

– Saint-Jarme ne désarme.

– Venez avec moi, soupire Arthur. Je vous rappelle que ce week-end je ne suis pas de garde.

Il désinfecte la plaie du menton de son oncle, demande à Martial des glaçons.

– Pour l'apéro ?

– Va chercher un gant de toilette, mets les glaçons dedans, applique le gant sur l'œil de papa. Je m'occupe d'oncle Paul. Heureusement j'ai toujours du Stéristrip et des granules d'Arnica dans mon sac. Je crois qu'on peut éviter les points.

Les deux frères rejoignent plus tard le reste de la famille. La coupure au menton de Paul est nette, Arthur a rapproché les berges de la plaie et l'a refermée avec ses sutures adhésives. Le cocard de Pierre va s'étendre et passer par toutes les couleurs de l'arc en ciel. Ils s'affalent sur le canapé.

– Vous me devez des honoraires de dimanche, annonce Arthur.

Paul remarque soudain l'absence de sa fille.

– Noémie n'est pas là ?

– Elle avait besoin d'être seule, elle est montée, répond Adeline.

Allongée sur son lit, les pieds contre le plafond mansardé, Noémie se rappelle sa timidité d'enfant, ses angoisses, son impression d'être de trop. De l'eau a coulé sous les ponts depuis, des tempêtes ont soufflé sur l'île, mais elle a toujours l'impression d'être ce tabouret auquel il manque un pied. Le retour de son père ne la rend pas plus solide.

– Je peux entrer?

– Je t'en prie.

Une réponse idiote, spontanée. Elle ne le prie de rien. Ils sont face à face, mal à l'aise. Il balaie la pièce du regard.

– Servane dormait à ta place, Pierre et moi étions de l'autre côté.

Noémie voit ses vêtements déchirés et les sutures sur son menton.

– Qu'est-ce qui t'est arrivé?

– Je suis tombé de l'échelle de la cabane. Encore un coup du père de Pivoine.

Il soupire.

– Ker Joie était mon paradis d'enfant, puis j'ai failli y mourir. C'était mon éden avec ta maman, puis c'est devenu mon enfer. Et aujourd'hui, ce fou essaie de nous tuer.

– Si c'était à refaire, tu retomberais amoureux de maman en sachant l'issue ?

Il se souvient de sa conversation avec Adeline. Noémie a-t-elle vraiment peur d'aimer ?

– Oui.

– Pourquoi tu as racheté la maison ?

– Pour me racheter auprès de vous.

– Tu te crois quitte ? Tu as effacé ton ardoise grâce au fric ? Tu te sens mieux ? Parce que moi, pas du tout !

Il est déstabilisé par la colère de sa fille, persuadé d'agir pour son bien, de payer sa dette.

– Je ne suis plus orpheline mais je n'ai toujours pas de père, poursuit-elle avec véhémence. Quand tu as dit que tu étais un meurtrier, j'ai cru que tu sortais de prison, que tu venais de passer vingt ans derrière les barreaux.

– Ce n'est pas très éloigné de la réalité.

– Ta tristesse t'a tenu compagnie, tu as pensé à toi avant de penser à Mammig et à moi.

– Tu ne comprends pas…

Elle se lève, incapable de rester en place, et arpente le grenier en haussant la voix.

– Je ne suis pas en vente avec la maison ! Tu pouvais m'avoir gratis, il suffisait de rester là, d'être le père que tu pouvais, j'aurais fait de mon mieux pour être la fille que tu voulais. J'ai enfoui ta vie et celle de maman sous la mienne pour résister. Maintenant c'est trop tard.

Elle a craché les deux derniers mots. Il frémit.

– Tu n'es pas obligée de partir avec moi. Mais ta grand-mère y tient et…

– Quoi ? s'écrie Noémie, furieuse.

– J'ai vécu comme un assassin en cavale. Quand mon ami a vu sur Internet que Ker Joie était à vendre, j'ai voulu te l'offrir, mais le notaire me l'a déconseillé en apprenant ton âge. Je ne cherchais pas à m'immiscer dans ta vie, j'aurais préféré mettre la maison à ton nom sans m'imposer.

– De mieux en mieux : tu voulais encore te défiler ?

Paul, découragé, baisse la tête.

– Je ne suis pas du bois dont on fait les pères.

– Pour le savoir il aurait fallu tenter d'en être un !

– Je ne suis pas doué pour le bonheur.

– On est deux. C'est de famille, je tiens de toi !

– J'aurais dû mourir moi. Tu aurais eu une maman formidable.

– Qu'est-ce que j'en sais ? crie-t-elle. Tu n'étais pas là pour me parler d'elle !

Il rougit violemment.

– Je peux me rattraper sur ce point.

– Il va falloir te donner du mal, riposte Noémie.

– Tu veux bien arrêter de marcher ? Tu me donnes le tournis, on dirait ton grand-père.

– Le monsieur qui nous a foncé dessus… je crois que je l'ai croisé ce matin chez le verrier. Il m'a dit qu'il t'a connu jeune, que tu étais du genre mal coiffé mais sympa.

– Mandy trouvait que je ressemblais à un mouton. Elle était fantastique, elle t'adorait et elle aimait Groix, elle aurait été tellement fière de ce que tu es dev…

Il s'interrompt.

– Je ne peux.

Il s'arrête à nouveau, bloqué.

– Je ne.

Il propulse maladroitement ses deux bras raides en avant, comme un Playmobil. Et sa fille s'y précipite.

Il la serre. Il a vingt ans de Noëls et d'anniversaires en retard, il ne lui a appris ni à marcher, ni à faire du vélo, ni à conduire une voiture, ni à jouer aux échecs, ni à se sentir bien dans sa peau et droite dans ses bottes. Elle ne lui a pas enseigné qu'il pourrait de nouveau être léger et heureux.

– On repart de zéro, décide-t-il. Si tu m'acceptes comme père ?

Elle s'écarte.

– Je ne suis pas persuadée de vouloir être la fille de Doug Connor, dit-elle.

Il encaisse, même si ça fait diantrement mal.

– Je comprends.

– Mais je veux bien être celle de Paul Saint-Jarme, ajoute Noémie.

Ce soir, c'est pizza. Puis ils savourent le gâteau du Poilu avant d'entamer un Scrabble. Arthur réussit à placer « oryx », Pierre « myocarde », Adeline case « fou », Paul tente de leur faire accepter un mot en anglais, mais ils refusent. La partie se termine tôt, tant mieux, les éclopés ressentent le contrecoup de leur bagarre. Il ne reste bientôt plus que la dernière génération devant la cheminée.

– Tu nous inviteras à Ker Joie, Noémie, ou il faudra qu'on te supplie? plaisante Arthur.

– Et voilà, ça commence déjà! soupire-t-elle. Vous êtes chez vous.

– Que tu le veuilles ou non, tu seras la maîtresse de maison. Ce qui implique que c'est toi qui feras les courses et la bouffe. Mais je ne suis pas certain qu'on y gagnera au change, renchérit Martial.

Elle lui balance à la tête un coussin du canapé et rate de peu le bocal du poisson.

– Je vais garder Pen-ar-Bed. Je préviendrai l'agence, décide-t-elle.

– Martial m'a parlé du rosier qui occupait autrefois la platebande des hortensias, intervient Diwenza. J'aimerais offrir à la maison un rosier que tu planteras où tu voudras.

– On en plantera deux, un à la naissance de chaque bébé, décrète Martial.

C'est une de ces matinées lumineuses où le port lavé de frais étincelle. Pierre se réveille avec le visage tuméfié, l'œil violet et un gros bleu au milieu du thorax. Le menton de Paul a enflé et il ne peut plus bouger son pouce, mais ils rigolent au petit déjeuner en gobant leurs granulés homéopathiques.

– Les hommes sont débiles, conclut Servane.

– Pas tous les hommes, seulement tes frères, proteste François.

– J'ai pris des nouvelles de notre écraseur, annonce Pierre.

– Ils t'en ont donné alors que tu n'es pas de la famille ?

– C'est mon patient je te signale, même s'il voulait nous écrabouiller.

– Et il va comment ?

– Il n'est pas mort. Nous non plus.

Adeline descend de sa chambre avec une poignée de bracelets en cordage multicolores.

– J'avais prévu un souvenir pour chacun en pensant que nous faisions nos adieux à l'île. Choisissez !

Noémie leur montre comment faire passer l'extrémité du cordage par l'œillet avant de le tordre pour le bloquer. Puis elle chuchote à sa grand-mère :

– Papa en a un ? Je croyais qu'on n'en avait pas pris pour lui ?

– Je lui ai donné le mien puisqu'on reviendra, souffle Adeline. Enfin, si tu m'invites !

Puis elle élève la voix :

– Il y a aussi un petit sachet pour tous, attention c'est fragile.

Huit, plus Diwenza et Paul, le compte est bon. Philippe ne lui en voudra pas et il a déjà une clef.

Pierre ouvre son sachet. La clef de verre translucide aux reflets bleus repose au creux de sa main. L'anneau est rond, tout simple, la tige est rectiligne, et à la place du panneton – la partie qui actionne le pêne de la serrure – il y a un petit cœur. Ils déballent chacun la leur, il y en a des bleues et des rouges, délicates et poétiques.

– On devrait créer des serrures pour aller avec, rêve Martial.

– On pourrait refaire une serrure pour Ker Joie à partir de l'ancienne clef de Mammig ? suggère Noémie.

– À Groix, tout est possible, affirme Adeline.

– Quand je pense que tu m'as juré, les yeux dans les yeux, que tu ne retrouvais pas la clef au moment de la vente… Tu mens comme une pro, reproche Pierre à sa mère.

– Certains mensonges sont bons pour la santé, inutile de faire des études de médecine pour le savoir.

– Ah bon ?

– L'amour s'entoure de mystère, il lui faut un écrin protecteur.

Quand la jeune femme envoyée par l'agence vient récupérer la clef et faire l'état des lieux, elle ouvre de grands yeux en voyant le pilier démoli, la plaque de lave cassée, le muret abîmé.

– Il faut que je prévienne l'assurance !

Elle avise l'échelle par terre au pied de la cabane de pirate.

– Ça aussi c'est cassé ? Mais vous êtes impossibles !

– Un vieux contentieux entre mon oncle et mon père, commente sobrement Noémie.

– Il est revenu ? demande la jeune femme.

– Oui. Je signe en bas de cette page ?

Avant de quitter leur chambre, Adeline explique à Philippe qu'elle n'est pas allée le voir au cimetière, parce qu'il est ici, « dans cette maison de fous, et nulle part ailleurs dans l'île ». Enfin, la tribu Saint-Jarme descend à pied vers le bateau. Les Groisillons remarquent les contusions sur les visages des frères. Yann, attablé au Mojo, regarde passer la petite troupe. Il lève galamment sa casquette au passage d'Adeline et se demande comment elle connaît le maître du setter irlandais qu'il a croisé à Créhal en promenant Bleizou.

Ils observent le port animé qu'ils reverront l'été prochain. Paul et Noémie ont annoncé que rien ne change, la maison est ouverte à tous pour les vacances.

– Le fils préféré est revenu, confie Servane à François. Pierre et moi n'avons plus besoin de nous battre pour l'amour de maman, c'est lui qui gagne et je m'en fous. J'espère que nous aurons une fille… mais si c'est un garçon je l'aimerai pareil.

– Si on m'avait prédit il y a deux jours ce qu'on vient de traverser, je ne l'aurais jamais cru, dit Arthur à son père. Ça m'a plu de partager ces moments avec toi. On a remis une épaule, soigné un malaise vagal, diagnostiqué un AVC. J'ai posé du Stéristrip et refroidi un œdème péri-orbitaire. C'était varié.

Être médecins et vivants leur fait deux formidables points communs. Certains sont restés en chemin : Marthe et Zacharie, le jeune cycliste, les fantômes muets des réas glauques. Dix ans d'études, de victoires, de défaites et de gardes de nuit, ça transforme en profondeur, ça élague le clinquant pour mettre à nu l'essentiel.

– Moi aussi j'ai aimé travailler à quatre mains, acquiesce Pierre. L'an dernier, je croyais que ma vie n'avait aucun sens sans exercer la médecine.

– En arrivant ici, je croyais que ma vie n'avait aucun sens en exerçant la médecine. Je vais prendre cette année sabbatique pour lancer des carottes dans les gueules béantes des rhinocéros, mais je pense que je reviendrai soigner les humains.

Adeline, qui n'a pas loupé une miette de cet échange, ajoute :

– Je sais que ma vie aura du sens jusqu'à la dernière minute parce que je vous aime. Je mourrai vivante avec mon avenir devant moi !

– Je croyais à tort que la mienne n'en avait plus, dit Paul. Maman, tu me prends pour un imbécile, depuis quand il y a trois fous blancs sur un échiquier ?

Elle hausse les épaules.

– Chacun de nous traverse dans son existence un certain nombre de jours qui comptent, qui allument des lampions pour ceux qu'on aime, qui rendent le monde meilleur et dont on se souviendra. Ce week-end en faisait partie. Quant aux fous, je ne vois pas ce qui t'étonne : il y a toujours eu des fous de Bassan en Bretagne.

Le bateau s'éloigne du quai. Les vieux boulangers, l'ado disloqué, les gisants intubés, Philippe affaissé dans son train et Mandy dansant sur la lande, s'évaporent dans la brume qui entoure l'île.

Les Saint-Jarme appartiendront de nouveau à Ker Joie. On n'achète pas une maison, elle vous possède.

Pivoine est venue me rendre visite à l'hôpital avec mes petits-enfants. Ils ont sacrément grandi depuis la photo que m'avait envoyée par pitié un ancien ami. Ma petite-fille Arzaël ressemble à sa mère. Armel, un géant, est externe dans un service d'addictologie, il soigne des malades dépendants de la drogue, du tabac, de l'alcool, du jeu, ou des écrans. Je lui ai dit qu'il ne risque pas de manquer de clients, et que je peux lui donner des tuyaux, j'en connais un bout sur la question.

Pivoine m'a pris la main, elle est belle comme le jour, son rire ressemble toujours à un arc-en-ciel. Nous n'avons pas parlé de sa mère, nous avions assez à faire l'un avec l'autre.

Les médecins croient que j'ai perdu le contrôle de ma voiture à cause de mon AVC, je ne les ai pas détrompés. Plus simple aussi pour l'assurance ! Le monde est petit : la jeune femme blonde, qui s'était inquiétée de me voir dormir dans ma voiture quand j'attendais dans la rue de Ker Joie, est neurologue dans le service où on me soigne.

Le choc m'a guéri de mes idées de vengeance. Je ne veux plus foutre le feu à aucune baraque.

J'ai envie de vivre pour moi, pas contre les autres, de profiter de ma fille et de ses enfants, de faire la connaissance de leur teckel à poils durs qui s'appelle Kig-Ha-Farz, décidément on aime la bouffe dans notre famille. C'était le plat des pauvres en Bretagne, un pot au feu avec de la viande et des légumes cuits dans des sacs en toile contenant de la pâte.

Quand j'ai parlé des Saint-Jarme à ma fille – sans lui avouer ce qui s'est passé – elle a secoué la tête.

– C'est loin tout ça, j'ai tourné la page. Je suis plus heureuse que bien des gens qui ont une bonne vue et ne voient pas plus loin que le bout de leur nez.

J'ai eu terriblement envie de boire un ballon de rouge lorsqu'elle est partie. Je ne l'ai pas fait.

Je la reverrai bientôt. Quand je sortirai de l'hosto, j'irai dans un refuge où j'adopterai le chien le plus moche et le plus laid. Je l'appellerai In Vino Veritas. Sûr, qu'il s'entendra avec Kig-Ha-Farz.

Cinq mois plus tard.

À l'abri solide de Ker Joie, les rires peuvent à nouveau fuser, des enfants vont cavaler, des chiens jouer, des humains s'étreindre, des amis lever leurs verres. Il y a un échiquier en bois ancien, une piste de dés, des paires de bottes, des grosses vestes, des polards bretons, du *Kari Gosse*, du chocolat à la fleur de sel avec des triskells dessus, du beurre salé, du vin, du Mercier rosé et des chaussettes de laine.

Une maison, c'est une valise extensible qui ne voyage pas, un gros pull taille unique qui vous tient chaud en toute saison. Dans le package, il y a une ribambelle d'emmerdements, électricité, plomberie, toit, jardin, télé, internet, mais aussi une montagne de joie, un océan de rires, et le sentiment incomparable d'être à sa juste place. Philippe avait raison, la vie est un échiquier où on peut rejouer inlassablement une partie jusqu'à la gagner.

Noémie, après avoir signé chez le notaire, a rejoint son père à Clare Island. Elle a aimé découvrir sa vie, connaître l'homme et partager son quotidien durant quelques mois. Elle est de retour à Groix avec Adeline, qui l'aide à remeubler Ker Joie dans l'esprit d'autrefois et lui prépare des îles flottantes. La jeune femme dort mieux depuis qu'elle a retrouvé son île. Elle continue d'animer à distance ses ateliers d'écriture pour les bénévoles de l'association, et elle en propose désormais un sur place pour les Groisillons. Le dernier thème : les trois objets que vous emporteriez s'il y avait le feu chez vous. Elle est devenue très proche d'un jeune insulaire qui s'y est inscrit. Arthur est venu passer un week-end dans l'île avec sa nouvelle petite amie, la véto du zoo où il est stagiaire. Elle s'appelle Sophie comme la girafe-jouet.

Un soir, ils reçoivent tous une photo de bébé par mail.

De : François
À : la famille au complet
Objet : Un nouveau membre de la famille

Philippine-Océane est née aujourd'hui en avance
à 22 heures, 2,2 kg, la maman et le bébé vont bien.

Servane tient sa victoire : elle finit la première sur la ligne d'arrivée.

Le lendemain, ils ont une photo et un texto de Martial : « Nina-Simone-Adeline est née cette nuit à 6 heures, 3,6 kg, Diwenza et moi sommes fous de bonheur. »

« Nina Simone, t'as pas pu t'en empêcher », écrit Noémie.

« Comment ça va, en deux mots ? » demande Arthur à ses cousins.

« Incroyablement bien, répond Martial. Et vous ? »

« Tellement mieux », écrit Arthur.

« Ker Joie », pianote Noémie.

Île de Groix, Chatou, Rome, 2022
Kenavo an distro, *au revoir à bientôt*
Brav Eo Ar Vuhez, Kaer é er vuhé, *la vie est belle*

Ma grand-mère s'est réveillée à Antibes – la nuit d'avril 1944
où son fils Bernard est tombé à vingt ans dans un maquis
du Jura – en disant : « Je sais que mon fils est mort. »

Papa, je t'ai vu deux fois jouer aux échecs, pas avec moi,
on n'a pas eu le temps. J'espère que là où on va après,
dans très longtemps, on fera une première partie mémorable.
Je me fiche de gagner, c'est jouer qui me fascine.
Tu n'es pas mon roi mais tu es ma tour, ma droiture,
la force de mon échiquier.

Remerciements

Aux compagnons de mes années Samu : Catherine, Dominique, Thomas, Éric, Marie-Pierre, Frank et La Puce.
Aux confrères de mes années SOS Médecins.
Aux confrères romanciers : Baptiste Beaulieu (merci pour « Comment ça va en deux mots ? » et le reste), Sophie Tal-Men.
Aux soignants des missions vaccinales à Groix : Faustine, Pascal, Éric, Fréderic.
À ceux du centre de vaccination de Chatou : Bénédicte, Renelle, Cyndie, Margaret, Pamela, Anne-Marie, Marc, Armelle, Pierre, Roussel, Dellia, Catherine, Olivier et les autres.

À Nausicaa Meyer qui chantait sur son balcon pendant les confinements.
À mon cousin Xavier qui m'a donné la clef de La Pinéta.
À Emeline, Sacha, Chloé et leur chien Rollmops. À Bergamote, Pimprenelle, Pâquerette, Zéphirin et leur chien Sylvette.
À Mon Pote le westie, au chat Gwenhadu, merci pour votre mutuelle indifférence.

Aux merveilleuses équipes des éditions Héloïse d'Ormesson et du Livre de Poche, c'est une telle joie de travailler avec vous. Roxane bravo une fois de plus pour le titre. Merci tellement aux magiques Anne-Marie et Didouch pour la couverture et la présentation, et à la talentueuse

Bénédicte pour la couverture du poche. Héloïse, Audrey, Béatrice, quelle formidable aventure ensemble.

À Grégoire Delacourt, Baptiste Beaulieu et Anne Goscinny.
À chacune et chacun de vous, amis indispensables, tendres, intenses, de Groix, de Paris, des Yvelines, de Rome, qui allumez des lampions dans ma vie.
Aux libraires, représentants, organisateurs de salons, blogs.
Et intensément à vous, lectrices et lecteurs.

À Éric Frachon : avec ton Frachon sur les épaules tu m'as inspiré le Joseph du Jo d'*Entre ciel et Lou*. Ta façon de regarder les humains les grandissait. Tu as retrouvé Déda et une place d'honneur au club des Cent du paradis.

À Carlo Monzini, le plus Italien des Parisiens, *uomo di bene* si élégant dehors et dedans, formidable pilote et bel ami, un cœur intelligent. Tu tailles la route là-haut, ils ont sûrement des voitures de collection à ta mesure.

À Giacinto Fusco, noble carabinier, jardinier merveilleux et ami fidèle.

Au grand Jaja, le docteur Daniel Jannière, parti poser des voies centrales là-haut et rassurer les patients avec son sourire inimitable.

À Mary Lou Déranlot, à Christiane Soler.
Avec une pensée pour Hughes, Alberte et Uriel.

Et bien confraternellement au docteur Marie-Antoinette Gavet de Ker Béthanie que j'aurais aimé connaître.

Bande originale du livre

Téléchargez l'application *lisez!*, scannez cette page, et laissez-vous emporter…

Françoise Hardy, *La Maison où j'ai grandi*
Tom Stringer, *Mr Connor*
Chant de marins *Nous étions trois marins de Groix*
Régine, *Les P'tits Papiers*
Frank Sinatra, *Fly Me to the Moon*, *Strangers in the Night* et *My Way*
Ray Charles, *Georgia on My Mind*
Barbara Streisand, *My Man*
The Temptations, *My Girl*
Diana Ross, *I Wouldn't Change the Man He Is* et *Ain't No Mountain High Enough*
Paul McCartney, *My Love*
Jean Ferrat et Christine Sèvres, *La Matinée*
Jean Ferrat, *L'Adresse du bonheur*
Verdi, *Le Chœur des Esclaves* de *Nabucco*
Générique du feuilleton télé de *Zorro*
Anne Sylvestre, *Les Gens qui doutent*
Jacques Brel, *La chanson des vieux amants* et *Quand on n'a que l'amour*
Charles Aznavour, *Il faut savoir*
Pharell Williams, *Happy*
Cesaria Evora, *Sodade*
Sinéad O'Connor, *Nothing Compares 2 U*
Maxime Leforestier, *San Francisco*

Tuiles (Mosser)

60 gr sucre poudre - 10 gr farine
60 gr. amandes émondées.
1 blanc d'œuf -
Mélangez le tout sans battre - Mettez par cuillérées à café sur la plaque en espaçant : four moyen -
Décollez et mettez en forme sur baton rond -

Ile flottante

3 blancs d'œufs - 160 gr. sucre semoule
8 pralines - Sur crème anglaise faite avec les 3 jaunes et 1/3 de litre de lait -
- Battre en neige les blancs d'œufs - ajouter 100 gr - sucre et les pralines ~~hachées~~ écrasées
Faire caraméliser le moule avec les 60 gr de sucre en mettant un peu d'eau, pour faire sirop et bien entourer les blancs d'œufs.
Faites pocher au bain-marie dans un four modéré en évitant l'ébullition de l'eau - Laisser refroidir - Servez avec crème anglaise.

Recettes de ma grand-mère
écrites à la main dans son cahier de recettes

Île flottante

- 3 œufs
- 160 g de sucre semoule
+ 60 g de sucre pour la crème anglaise
- 8 pralines
- 1/3 de litre de lait
- une pincée de sel

Casser les œufs en séparant les blancs des jaunes.

Montez les blancs en neige très ferme
en y ajoutant la pincée de sel et, progressivement,
100 g de sucre et les pralines écrasées.
Carameliser un moule avec 60 g de sucre et un peu d'eau.
Y verser les blancs en neige en les enrobant de caramel,
puis les faire pocher au bain-marie dans un four
réglé à chaleur modérée pour éviter l'ébullition de l'eau.
Laisser refroidir.

Préparer une crème anglaise avec les jaunes et le lait.

Présenter les blancs flottants sur la crème anglaise.

Pets-de-nonne

- 7 à 8 cuillerées de farine
- 2 noix de beurre
- 5 à 6 œufs
- 7 morceaux de sucre
- une pincée de sel
- 2 verres d'eau

Casser les œufs en séparant les blancs des jaunes.

Faire fondre le beurre très doucement.
Ajouter la farine, puis les jaunes,
et enfin les blancs qu'on aura battus en neige.
Laisser reposer.

Faire frire.

vanille en poudre. On lie la farine avec la crème puis on met le sucre, les œufs battus et on met la pâte en tas - cuire à four doux.

Pets de nonne

- 2 verres d'eau - 2 noix de beurre
1 pincée de sel - 7 morceaux sucre
- du beurre fondu très doux -
7 à 8 cuillerées de farine -
5 à 6 oeufs les jaunes séparés des blancs battus en neige -
Laissez reposer - Faites frire

Galettes de plomb

300 gr - farine - 250 gr - beurre
1 verre de lait - 1 pincée sel
2 cuillerées sucre poudre - 1 œuf -
Petrir la pâte jusqu'à ce qu'elle tombe des mains - puis laisser reposer 3 heures - Ensuite roulez - et découpez assez épais avec 1 moule rond - au four -

Conception graphique et réalisation
Anne-Marie Bourgeois/m87design

✷

Achevé d'imprimer
par Normandie Roto Impression s.a.s.
à Lonrai,
en janvier 2022.

●

Dépôt légal : mars 2022.
Numéro d'imprimeur : 2200138

Édition n°1
Imprimé en France